# 我的科尔沁

查干路思 著

白龙 译

作家出版社
全国百佳出版社

图书在版编目（CIP）数据

我的科尔沁 / 白龙译．-- 北京：作家出版社，2025.1.
-- ISBN 978-7-5212-3110-6

Ⅰ．I267

中国国家版本馆 CIP 数据核字第 2024BC4841 号

我的科尔沁

作　　者：查干路思
译　　者：白　龙
责任编辑：李亚梓
封面设计：贾　莹
出版发行：作家出版社有限公司
社　　址：北京农展馆南里 10 号　　　　邮　　编：100125
电话传真：86-10-65067186（发行中心）
　　　　　86-10-65004079（总编室）
**E-mail: zuojia@zuojia.net.cn**
**http: //www.zuojiachubanshe.com**
印　　刷：河北星强印刷有限公司
成品尺寸：155×220
字　　数：186 千
印　　张：15.25
版　　次：2025 年 1 月第 1 版
印　　次：2025 年 1 月第 1 次印刷
ISBN 978-7-5212-3110-6
定　　价：88.00 元

# 序

## 现实生活鲜明记忆的朴素表达

### ——读查干路思散文集《我的科尔沁》

王海梅

查干路思给我的第一印象是：文学圈里好像突然间冒出了这么一个人。

还清晰地记得，在一次征文比赛中，我读了他写的《科尔沁记忆》这篇散文后，抑制不住激动的心情，忙向旁人打听关于他这个人的一些情况。

之后，在一次中篇小说评选中，再次品读了他的作品《诺日布的狩猎小径》后，欣赏之余给予了这部作品很高的评价，这也是无须隐瞒的。

再后来，见到他本人之后，也由衷地觉得他是个很不错的年轻人。

他热情而稳重，幽默却恰到好处，有胆量更有思想。我想，我们的文学需要这样的年轻人。

查干路思主要创作小说和散文。我个人偏爱他的散文。他的散文充满了科尔沁草原的味道。读他的散文，对于我这个在科尔沁草原长大的人来说，也是一次回忆家乡味道的机会。

这是我对查干路思文学作品的第一印象。不过，如果说是因为他抒写科尔沁草原的生活，我才喜欢他的作品，是不科学的。因为抒写科尔沁草原的作品有很多，我不可能每一篇都喜欢。每个人，对文学作品都有一个属于自己的隐形的天平，这个天平的衡量标准，是基于一个评论家的人品、思想、水平而形成的独特的感悟。所以，我常常想：任何人都不会去逾越自己内心的评判标准，去虚伪地评价任何一部文学作品。

科尔沁草原上的文学，大多描写科尔沁蒙古族人在苦难的历史环境、艰苦的生活空间、坎坷的人生旅途中摸爬滚打，慢慢长大成人的故事。

查干路思的作品也不例外。他的大多数作品都是以一个画家的角度去描绘生活的细节。在他的"记忆"里有"喂猪""扫墓""磨面"等科尔沁草原特有的生活特写；有"棉裤里的虱子""玉米面饽饽""清水土豆"等童年生活中的细微记忆；有"尖角羊""倔驴""小花猫"等儿时最亲密的伙伴；以及父母、老爷、姨婆等用坚强的毅力撑起生活的苦难，用最真挚的爱和最纯洁的心灵给予他幸福快乐的，具有菩萨心肠的诸多亲人。这本书主要抒写了最平凡的人们最朴实的生活，力求描述出亲眼所见的科尔沁蒙古人生活的环境、生活的现状、内心的焦虑、生存的空间。正因为如此，作者才会将这本书命名为《我的科尔沁》。

回忆过去，其实是一个人慢慢走向成熟的标志。

世间万物，会在成熟者的内心中，以新的意义得到升华，再次重现。查干路思的作品，写了很多自己成长的经历。"因挑拨离间，吃了妈妈的鞋底子"；"和妈妈顶嘴，被扒了一层皮"；"离开家没几天，带着墨镜回去后被舅舅用鞭子抽打"；"不要命地纠缠在各种酒桌上"……他通过描写这些成长中经历过的阵痛，想告诉我们：

生活——其实就是一个人在一步步学会生存、进步、感悟的过程，是慢慢成熟的历程。

查干路思的散文大多是系列散文，这是他独特的创作特点。他会把类似的事情或景物联系在一起，这样会产生电视剧般的把记忆中的多个片段连接起来的美妙效果。其中《科尔沁记忆》这篇散文最具有代表性。它由《漫长的夏天》《将军爷爷》《搂柴火的那个春天》《遗失的村庄》等四篇散文组成。

《漫长的夏天》中，描写了收到大学录取通知书后一家人的喜悦和埋藏在喜悦背后的艰辛：怀揣着录取通知书不知去哪里借钱凑够学费而苦恼的父亲，为了省下巴掌大的人民币而戒掉了烟和酒的父亲；为了多攒一些学费连茶水都舍不得喝的母亲，为了让老母鸡学会按时定点下蛋、闹得满院鸡飞狗跳的母亲，整天盯梢几只习惯在野外下蛋的老母鸡而顾不上吃饭的母亲……这些戏剧化的情节，以一个成熟的人成熟的心再次回眸凝望时，不禁让人热泪盈眶。

《将军爷爷》描写的是一个拥有最纯正的蒙古血统、外貌、傲骨和气质的典型的蒙古汉子——邻家爷爷；《搂柴火的那个春天》中，描写了自己年幼时瞒着家里人，独自一人去野外搂柴火的经历；《遗失的村庄》中，通过比较过去与现在，抒写了留在童年记忆里的村庄和创造了这个村庄的人们以及周边的景色，表达了作者内心深深的怀念与伤感。

从性质上看，前三篇散文以叙述为主，有一定的戏剧性，幽默且感情色彩比较浓，自成一体。《遗失的村庄》以抒情和议论为主，将作者自己无奈的心情表达得淋漓尽致，这一点与其余三篇散文虽明显不同，但相得益彰。

散文的韵味方面，前三篇更为突出，尤其是《将军爷爷》《搂柴火的那个春天》这两篇散文很有特点。这两篇散文，以科尔沁草原特有的“乌力格尔”的叙述方式，将一个传奇般的老爷爷和一个质朴的孩童描述得栩栩如生。

《将军爷爷》开篇就讲了邻家爷爷的一个传奇故事：“在我懂事的时候将军爷爷就是我们屯的兽医。有一次我们家老黄牛吃芥菜疙瘩卡住，胃胀得让我们十分着急，必须请将军爷爷过来帮忙了。他拿细管往牛的咽喉里捅，把芥菜疙瘩捅进去，用一个钢针扎破了牛肚子，然后将细管‘扑哧’插进去，整个场院就布满了芥菜疙瘩腐烂的臭味，不能呼吸。”这里，作者只用了一个自然段，寥寥几笔文字，不仅将这次事件当中的将军爷爷、大花牛和芥菜等全部生动地描写了出来，就连芥菜的味道都描述得恰到好处。

不止这些，作者还用简短的话语把将军爷爷年轻时“从乌珠穆沁草原额吉淖尔拉盐的途中，从一个彪悍的女子手里救下自己色胆包天的队友”“在试图插队卖粮的人群中，一条胳膊夹着一麻袋大豆，从马车上要杂技一样地跳下，把大豆像叠枕头那样地轻轻地放在大秤上”等传奇故事展现在我们面前。他用谈古说今的书写手法，通过描写村里几个年轻人为了杀一头猪，棍棒套马杆子乱舞，乘车追赶，忙乎一天的事情与将军爷爷的形象形成了强烈的对比，最后一句“现在我们村没有一个像将军爷爷一样身材魁梧的人了，更没有像将军爷爷一样有着蒙古人骨气、精神气、一腔热血的人了”的感叹，更加突出了主旨且让该文的意境得到了升华。作品中，写“将军爷爷”的时候，并不只是写了“将军爷爷”的力大无比，而是重点描写了“将军爷爷”乐于助人、不求回报的善良品德和刚正不阿的性格，起到了画龙点睛之效，成功地塑造了一个铁骨柔肠的蒙古汉子的形象。

《搂柴火的那个春天》这篇作品是作者基于自己的亲身经历而写，所以比起《将军爷爷》，它的心理描写更具体，更有信服力。该文结合心理描写，将一个十一岁的孩子因为嫉妒搂柴火后吃到了沾糖奶油黏豆包的两个哥哥，而独自一人去搂柴火，虽然被耙子压得走路都费劲，却为了得到母亲的赞扬和好吃的奶油黏豆包而做出了超出自己能力的事情的矛盾且幼稚的故事情节，生动地表现了出来。该文只用“柴火”“黏豆包”两个词语就表现出了孩子幼稚的思维；费了很大的劲才搂到的一点点的柴火被龙卷风卷走后一无所获的必然结局；被母亲砢碜说道后，强忍着泪水最终没有掉泪的小孩……作者将一个孩童的形象用文字描绘得栩栩如生。最后，对比自己现在的生活，感叹道：“多少年过去了，生活中这样的事偶尔也会碰到。不想落在别人后边，所以竭尽全力往前拼搏，做了很多努力，却竹篮子打水一样，空空如也。这时候我经常想到搂柴火的故事而偷笑。用没有篓子的耙子搂着时间和生活，已到四十岁了，被时光无情地摧残，得到的又全都失去，失去的已经无法挽回。”

作者回忆他童年的同时，也将自己青春时期的苦与乐、爱恋与激情收纳在他的《恋爱的季节》系列散文中。这些作品比起童年的记忆，感情色彩更加浓厚，细节描写增多，同时抒情和议论部分也比较多。我们从《香味时间》《我在等你看日出》《等着你那一片云》等标题中，也能看出这些特点。

以上列举的系列散文作品，足以体现查干路思的散文创作水平和特点。总的来说，查干路思是一个拥有仔细观察生活的感知，并在观察中能够更深入地了解生活，且能将自己的感知用自己的文字表述出来的作家。他独特的表达方式可以总结为“朴实的幽默”。将生活中琐碎的事物存留在自己的记忆中，将这个记忆结合色彩、韵味、歌声精彩地抒写出来，苦中带乐也是他作品的一个特点。

查干路思的散文不属于文化散文，也不曾有过讲大道理的段落，不会让读者容易困顿，反而越读越精神，读完了莞尔一笑，感叹作者叙述行文的妙处。

他的作品是一道如马铃薯般朴实的菜肴，一道素菜。

朴实中隐藏了自己的思想。

在查干路思的记忆与艺术形式中，“乌力格尔”、童话、音乐、诗画、剧情全部融合在一起，体现了新一代科尔沁知识分子丰富的精神世界。

也许，这一切正预示着查干路思今后的作品，一定会有更深层次的提升和突破。

# 目 录

# 第一辑

# 成长的季节

# 鞭子的味道

成长的道路很漫长，其中有个懵懂童年是我珍贵的回忆。

那年我六岁。那时候最幸福的事莫过于去姥姥家跟几个表哥疯玩儿几天罢了。我的两个舅母不和，我时常在他们两家穿梭，舅母就互相打听另一个在家里净说些什么，六岁小孩儿哪有什么心眼儿，就把听到的统统告知了她们。有一天，第三次世界大战终于爆发，我成了这场战争的导火线。我母亲知道以后说："这孩子口无遮拦，什么该说什么不该说都分不清，该打！"先脱去我的裤子，再脱去自己棉鞋，用鞋掌给我烙饼子，记得那是火辣的味道。

八岁那年冬天。母亲大人对我交代煮猪食。这个活儿真不好干，湿柴火不易燃，一个劲儿地冒青烟，两眼被熏得通红。不一会儿就得加点水，要不然猪食就煳巴了。好无聊啊，也不能离开那里，不断地添加柴火。好不容易冒热气，快要开了，妈妈揭开锅盖看了一眼说："水太少，一会儿就干锅了，不煮烂，猪吃了不好。"说完就加进去半桶冰水。联想到我还要在那里接着坐一小时，我就委屈得不行了，坐在那里哭，不断地发牢骚。终于惹得母亲不高兴，又说了我两句，我继续辩解、理论，直到母亲生气。她拿了一根树条指着我讲道理，我却趁她不注意，一把夺了那根树条，这下事情闹大了。母亲生气地说："让你干点家务活就这么难！你敢这样顶撞母亲！你夺树条是不是要打我了？"我知道自己理亏，但又觉得委屈，大声嚷嚷着，好让父亲听见。以往每次妈妈要打我的时候，父亲总是成为我的保护伞，把我藏在自己后边，劝说母亲，让我认错了事。可是这次父亲不知怎么的了，一言不发，坐在那里看书，任我母亲用树条翻来覆去地修理我也不发一言。恐惧、疼痛、怨恨、号叫，别人肯定以为我家在杀猪呢。我不恨母亲，却对父亲失望至极。原来原则问题上他们俩还是一致的，我要是过了那个底线，就谈不上保护与宠爱。我恨透了父亲，怨他隔岸观火，按兵不动。心想：下次你的腰疼了可别找我踩背，你打死我，我也不给你踩了，沏茶倒水都免谈，谁让你关键时刻保持沉默？

父亲是我们嘎查完小的校长。嘎查完小后来发展成为兴安学校，有了初中班级。附近几个村子的孩子都来我们村上课。嘎查书记是我舅舅，精明干练的一个人。两家相互依托，相依为命，极其困难地度过了那个年代。我家里的很多农活儿都是舅舅照顾帮忙，我从他身上学了不少东西。那时候种地全靠手工，施肥、犁地、拔草、锄地、割地等庄稼活儿都学得很地道。舅舅要求很严，谁要是干活糊弄，他就声色俱厉地批评指正。父亲和舅舅的关系很铁。有一次父亲在一张纸上画了一个酒壶，让我给舅舅送去。舅舅看了，莞尔一笑，就跟着我来到我们家里，他们俩乐呵呵地开始喝酒，开始谋划村里的和学校的一些事情。他俩就这样默契。

念初二的那年，父亲换了工作，调到苏木政府任司法所所长。我们家也搬到苏木政府所在地（后来舅舅家的五个孩子先后都住在我们家念初中）。初二下学期开学不久是清明。那时候大哥在苏木政府武装部上班，他骑了一辆红色 125 摩托车，我坐在后边，牛哄哄地出发了。那时候摩托车就是现在的宝马。春天的风很大，大哥戴着墨镜，也给我准备了一个。那时候正是墨镜、喇叭裤、燕舞牌录音机最时兴的年代。我都把自己想象成上海滩老大许文强一样的角色。村东马鞍山是我们村安放逝者的坟地，是个三面环山的风水宝地，漫山遍野的杏树，到季节，杏花开的时候那真是美极了。

我们到的时候村里很多家族上坟已经快结束了。舅舅正赶着马车拉土，看见我们，脸上毫无表情，手里拿着三套马车大鞭子，很像传说中的将军。他是有名的甩鞭手，我曾经看到过他与人打赌，站在离沙果树一丈开外的地方，人家说打哪个叶子他就能一鞭子甩过去恰好打掉那片叶子，从不失手。大哥勤快，放了摩托就抓起铁锹开始干活儿了。也许他反应比我敏锐，已经看出气氛有点不对。我反应慢，站在那里不知道干什么，双手插在裤兜里，还没有把墨镜摘下来。就那么站了也就不到一分钟后，我匆忙把墨镜摘下，想拿上一个工具干点活儿，往前走两步，离舅舅稍稍近了一点儿，舅舅的鞭子火蛇一般突然眷顾我，打得我措手不及，浑身打了一个寒战。电视剧《神医喜来乐》里演的，有个皮肤病叫龙缠腰，当时我要是脱掉衣服，皮肤上的形状肯定与那个一样。全村的老少爷们儿都在瞅着呢，我都不知道舅舅为啥给我这一鞭子。小时候一起摸爬滚打的小伙子们看着我那熊样不知怎么想的，我喜欢过的那个女孩子的弟弟正好看着我呢。大哥假装没看到，干得那么起劲儿。每当看到清朝电视剧，要早朝了，一个太监，拿出鞭子，“咣咣咣”甩出几鞭子，群臣开始步入午门。我特别讨厌甩鞭子的声音。最近看了一个微信，是新加坡执行鞭刑的视频，被打者是酒驾的人。几鞭子下去皮开肉绽的，惨不忍睹。那么文明的国家，还留着这么野蛮的刑法，真是莫名其妙。

是清明上坟的日子，我们迟到了，所以挨鞭刑？过了好多年我才想起迟到绝不是主因。都是那个该死的墨镜惹的祸。大哥已经上班了，成了大人了，不好收拾他。舅舅这是杀鸡给猴看呢，正好有这么一只现成的不明事理的鸡。

我到现在还忘不了那次鞭刑。每次回老家都特别注意，谦虚谨慎。舅舅的鞭子让我记住了一条硬道理：不合时宜的炫耀或穷嘚瑟是多么让人厌恶。

前年，舅舅六十岁本命年，我们哥几个都聚在了一起，我说了鞭刑的事儿，大家都不记得了。我跟大哥说："我是鸡，你是猴，打我是给你看的，不过那鞭子让我躲过了肉眼看不到的千万条鞭子呢！"

# 瑟瑟秋雨一直下

那一年，瑟瑟秋雨，怎一个“寒”字了得；那些在冷雨中瑟瑟发抖的深夜，又是怎一个“长”字了得。

瓢泼大雨每天一次，其间都来不及让阳光出来，就又下起连绵小雨。连续十几天的秋雨，让大地都饱和了。只要雨一下起来，山洪瞬间下来。村里大多家院墙都塌了，村子里常聊起的话题也都是谁谁家酱缸没了，牛羊被冲走了。

洪流所经过的田地都被损毁，低洼的田地都涝了。远处山尖上白茫茫的大雾，好几天也不散去。乌力吉屯的桥梁冲塌了，查干敖包屯那边的铁路也让洪水冲垮了。

柴火垛都发霉了，找点生火的东西也变得困难起来。土坯房全都开始漏雨，外面下多大雨，屋里就漏多大。甚至外面雨停了，屋里雨也不停。地上放满了盆盆罐罐，炕上也摆满了大碗小碗。漏下的雨水都来不及倒在门外，就从窗子往外倒。不同容器里滴落的节奏不同的雨滴声，好像难听的音乐，让人更加烦躁。炕上面吊起了一块塑料布，在仅有的一小块干燥的地方，挤了六口人，艰难度日。母亲将几盒已经湿了的火柴放在热乎些的地方，把它烘干。把漏出了洞的锅，反扣在墙角垒起的牛粪堆上，把它当成命根子一样小心呵护着。家里嫌弃熬苞米粒子粥浪费柴火，就整日做些小米粥，烙荞面饼或汤饭果腹，导致积了一肚子酸水。

大哥披上麻袋，跑到院里挖水沟，企图把院里的积水引出去。二哥忙着处理家里的水，刚倒完这盆，那盆又满了，忙得他团团转。我为了烧水，蹲坐在炉旁，点了些湿漉漉的树杈，用笤帚扇烟，满屋子的浓烟弥漫。妹妹放下手中的《娜荷芽》杂志，大喊："妈，你在外屋么？三哥熏獾子呢！熏疼我的眼睛了。"妈妈打开门旁的小窗放烟时，我守在炉旁困得竟没发觉。

"小祖宗，你再睡，你的湿柴火就要灭了，大家不知何时才能喝上一口你烧开的热水呀。"我连忙跪地噘起小嘴"呼呼"地吹起湿柴。

村里的学校没办法上学就放假了。我的父亲作为校长，为了保护好书本，天天找大队领导诉苦。今天才拿到几块钱，大清早就从生产队借来牛车，带上一位老师到苏木供销社买塑料布去了。

妈妈去仓房取些猪食，长长地叹口气说："口袋里的猪食都长毛了，米缸里都生蛆了。茓子里没加工的玉米棒子都发黑了。"我进仓房给鸡拿苞米时发现柜子里冬天穿的棉衣服都湿透了，下面淌着黄水。一只老鼠全身湿透，毛发稀疏，尾巴全是泥土，成了拨浪鼓，呆呆地趴在米糠袋旁，见有人进来了也不逃走——神经质了吧，只想着填饱肚子。

院里的杂草疯长，院外粪堆上的艾蒿茎粗得像向日葵一样。

吃不到熟食的猪，像鹅鸭一样腹泻，在院内泥巴里抬不起腿，四处游走。牛背上盖的麻袋湿得透透的，紧紧贴着牛背，好像不起什么保暖作用了。太阳躲起来了，公鸡也忘了鸣叫。狗趴在窝里，见了生人也懒得搭理。

下午鸡蛋大的雹子噼里啪啦砸向地面，铝制的猪食槽，被砸得像马蜂窝一样。院里种的小菜都被砸烂了，根茎都裸露出来。窗户两角玻璃碎落的部分让大哥用撕下来的课本团了一个球堵上了。雨停了会儿，几个壮年男人去拾山蒿，藏在车下也没顶事儿，肩膀反被冰雹砸中。铁青着脸路过我家门口时，我刚好从窗口看见了。

爸爸回来了。塑料铺在学校房顶，剩了那么一小块。估计晚上又要下雨，父亲打算把那块塑料铺在卧室上方。

村里的满都拉大叔说："大人不能上房顶，这雨都下透了，房顶一踩就能踩出个大窟窿。"

"白泉脚崴了，太平去接牛羊了，让小龙上去吧，小家伙走边儿上，应该没事的。"爸爸刚说完，妈立刻反驳道："那怎么行？他还那么小，万一摔坏了咋办？"

"多叫两个人在下面看着，多拿两个梯子来。"说着都忙活起来，塑料一头用绳子绑上。我攀上梯子爬了上去，底下人把绳子从下面扔给了我，把塑料布拉了上来，抻平一看，刚好能铺到外屋烟囱那边。

父亲也随我爬上梯尖，把剪刀递给我，让我沿着烟囱裁剪。

"儿啊，别担心弄脏衣裤，洗洗就干净了。走不稳吧，弯腰低头，小心滑倒啊，趴下来手脚并用着往前爬吧。"村里的叔叔和年轻老师两人顺着梯子往上递砖头，我量好间距，整齐地沿着塑料布边缘压好。妈妈做饭，不时出来看看，进去时仰头叮嘱："儿子哎小心点，慢慢爬，注意房檐，一脚蹬着围檐站稳。"我父亲和满都拉叔叔在我下方垂直跟着，我往哪儿爬，他俩就跟着我左右挪动。

妈妈焦急地问："儿子，你是不是头晕？"

父亲烦了道："你回屋做你的饭去，这好几个人看着呢，你瞎操心什么？"

"这不做着呢么，这么小的孩子爬那么高，吓得我心都要蹦出来了，万一滑一下……啊，我说什么呢？呸呸呸！”说着走进屋里了。

就像星星围着太阳转，大家的眼睛紧紧盯着我转，这感觉真好，我好像第一次被大家看成明星一样了，第一次成为这么“有用”的人，成了主角儿。这感觉比吃了糖果还幸福，带给我一种比考试拿了一百分还要兴奋的感觉。以前都是我抬头仰望大人们，现在站在大人们头上往下看，我与他们互换位置，现在轮到他们从我下面往上仰望着我呢。

二哥把猪圈里带粪的泥巴扒拉着扔出去。如果他崴的脚好了，那现在上房顶的就是他，而清理猪圈的就一定是我了。我赶忙望向村东头，村里牛群还没回来，再望向远处，村里的牛群从马鞍山南坡往这边拐了。在大哥回来之前，我很有可能铺完房顶的塑料布。这么重要的工作实在不愿意拱手他人。站得高看得远真是件好事，原先我们村就有这么三排房子，五六十户人，西院烟囱里冒着薄薄的烟，窗户下面挂着的是用谷草拧好的鸡窝，里面可以看见三四个鸡蛋。看来是连绵的小雨下得疲惫至极，人们就连收鸡蛋这种大事都遗忘了。前院桂香妈妈走出来也跟我似的，瞭望着，看牛群赶到哪儿了。又没太阳，还用手遮着眼睛，真奇怪了，好像用手掌遮眼帘，就能把远处的事物拉近了一样。突然东院的德力格尔胡出来了，似乎是吞下了一整个鸡蛋一样张大了嘴打着哈欠，嘴唇变成了一个大大的O形，看起来啥也没想就走到墙角，后脑勺对着我，刚要脱裤子，巴根叔叔就在底下喊：“给，接住啊！”说着递砖头给我。突然回过神来的德力格尔胡吓得一惊一乍地提起裤子就溜进屋里去了。她做梦也没想到，我会站在房顶上。德力格尔胡只大我一岁，可是，我跟她妹妹花儿一起玩的时候，她却摆出一副大人的架势，很是讨厌。现在尿裤子了吧？想到这，诅咒她活该，但是我却好像偷了人家东西一样脸上火辣辣的。

大哥赶牛群回来时，我刚好结束了工作顺着梯子下来，梯子旁六个大人双手扶着梯子等着我安全着陆。这种场面在我家左边墙壁上挂着的一幅画上有，从飞机的梯子上一个人走下来时，下面许多捧鲜花的，人群里还有敬爱的周总理。我立刻想起那画面，感觉我的身体立刻伟岸了起来。

晚上我们用被冰雹砸死的母鸡熬了汤，掺了些面，配上蒜、辣椒，吃得大汗淋漓。那晚睡得也特别香，早上醒来时，太阳的光芒穿透窗子刺激着双眼。啊，原来太阳是这光明世界的中心，到最后太阳还是会照常升起来的。有阳光的世界有无法言喻的美，驱赶黑暗的光明，驱赶潮湿的光热，比什么都好。这一切都是在经历那场秋雨时才感悟到的。

## 清水土豆

那年春天特别冷。

北风肆虐，天空灰暗，班级窗户的玻璃呜呜地响。终于等到下课了，已经饿得不行，双腿直打哆嗦。回到二姨娘家，进去看不到人，满屋子滚滚浓烟，湿漉漉的柞树条不好着火，冒出来的青烟能熏死大象。

二姨娘刚削完土豆皮又切了几叶白菜，等铁锅里的水开了把菜倒进去加了盐巴，加了半勺农家酱。没有别的调料，没有猪油或豆油，更没有猪肉。快一年了，顿顿饭菜都差不多这样，二姨娘家真的没有钱买豆油，那年他们结婚快三年了，他们结婚时候借的钱还没有还完呢。二哥放了书包后出去帮着二姨父挑水、劈柴。我帮着二姨娘张罗着吃饭。

饭菜盛碗里了，拿到饭桌上摆开，一家人围坐炕桌开始吃饭。那时候农村还没有味精或鸡精，所以清水白菜土豆真的很难吃。气氛有点庄重凄凉。二姨父想活跃一下气氛，说道："以后会好起来的，到了秋天我们也杀猪不是吗？那时候我们好好吃一顿猪肉。"还没说完呢，二姨娘用眼白瞅了一眼二姨父，意思很明显，怪他哪壶不开提哪壶呢。二姨父就不说话了。

咸菜也没有，玉米饼子不好吞咽，卡在喉咙下不去，喝菜汤一点儿味道也没有。每当二哥咽下去一大口玉米饼子，喉咙那边一小块儿肌肉上下翻动，嗓子好像在咕咕叫。我的眼睛变得模糊，刚才看到二姨娘的眼眶也是噙满泪水，差点儿往下掉。

那是包产到户开始的头两年，劳动力多，庄稼收成好的几户已经快变成万元户。经济条件不允许，也没敢要孩子，所以二姨父家分到的地特别少，勉强能够维持吃饱饭。那时候种地不像现在这么轻松，地里的活儿离不开人，一年四季干不完的活儿。农闲时间，二姨父到通霍铁路火车站去扛麻袋装车皮。那时候装车皮都是人力，干几天活儿，还一点债。有时候往下卸煤，他整个人变得尉迟敬德一般，去送午餐的我看着都心疼。

相比起来，我们家情况稍微好一点，因为父亲是国家干部，吃供应粮。母亲千方百计改善伙食，家里无论做什么饭菜都很好吃。想家了，夜里经常做梦。我们已经回到了家里，炕桌上摆满了食物，想吃的猪油黏豆包、饸饹、荞面猫耳朵应有尽有，且冒着热气，香味四溢。醒来还是在二姨娘家里，墙上挂的煤油灯发出微弱的光，原来我做着作业不小心睡着了。他们坐在炕上掰苞米粒儿，那是明后天的口粮。看我醒来了，二姨娘说："你睡你的，别管我们。明天还上早自习呢。被褥给你铺上了，收完作业就睡吧。"

后来，二哥考上高中走了，再后来我也考上高中了，成了旗一中住宿生。学校食堂条件更差，管理一塌糊涂。下雨天，食堂遍地泥泞，一不小心就会滑倒，四肢朝天，满身饭菜泥巴。食堂是战争场地，食堂管理员的话没人听，打饭从来不好好排队。有时候学生中间打架，有时候食堂管理人员、厨师与高年级学生打架，师傅们抡起扁担、菜刀，学生抄起棍棒、飞起砖头，打得鼻青脸肿，脑袋开花是家常便饭。冬天寒冷，能容纳几百人的空间，千儿八百人挤着。有几张桌子，太脏了，没人坐，桌面上全是学生扣掉的吃剩的饭菜。最不能接受的是饭菜质量。玉米粒子生硬，一股子煤油味儿，那时候他们就学会了这个招儿，省事、省柴火。不管什么菜，水开了菜熟以后倒进去豆油和葱花，飘在上面的生豆油腻而不香，一股恶臭味儿，一点味道都没有，没法吃，扒拉出去才能吃。猪肉也是，拳头那么大的带皮肉团儿，三三两两地漂在菜盆子上面，也是菜熟了以后撇进去的，半生不熟的样儿，汤里找不到荤油味儿。那时候种菜不喷洒农药，白菜叶儿上肥胖的虫子经常漂进饭盒里。土豆洗不干净，大盆里倒进去，用自来水冲儿趟就拿到菜板上用铡刀剁，不削皮的，吃起来满嘴泥土味儿。明明是有豆油或肉片儿，可是吃起来依旧是清水土豆。而且真的不如我二姨娘做的白菜土豆，那个难闻的泥土味儿我二姨可是做不出来。女生都是打好饭回宿舍吃，冬天为了保温，饭盒用厚毛巾包着。男生都不会去宿舍吃，因为宿舍一股子尿骚味儿，没法吃饭。所以冬天都挤在屋里，夏天就在食堂外头坐在地上开饭。那时候食堂养的一百多头猪也会出来与人同乐，来回奔跑，增加欢乐的气氛，黑压压的一片。有时候家里捎来糖饼或鸡蛋酱，那就是等于过年。伙食费捎过来了，就买一袋蒜蓉辣酱，伴着大粒子吃，那个味道倍儿棒。

后来，成家立业，大多时候都是我自己下厨做饭。我喜欢吃地三鲜、干煸土豆、烧茄子这类油大的菜肴。她们娘儿俩可不喜欢，她们喜欢清淡的，说是利于减肥。她们喜欢的菜肴是冬瓜汤、素炒土豆丝、清炖萝卜粉丝汤、菠菜荷包蛋、清炖土豆白菜。我还真的吃不惯，但是一家人必须要保证和和气气的吧。大多时候我牺牲自己的喜好，配合多数的利益。好在我也不大喜欢大鱼大肉，要不然真不知道结果会怎样。再后来，我也渐渐习惯了清水白菜或土豆。电视上那些营养专家说着讲着都回到一个起点，白菜土豆是蔬菜里的极品，营养价值极高。外边的饭菜做得再好，吃起来依旧不放心，黑心肉、地沟油的阴影估计一辈子影响我们这一代了。自己煮的小米水饭，还有蘸酱菜，那就是最好的一顿饭，要是还有清水土豆，那就是上天的恩赐，再好不过了。前两天我和二姨通电话，我说："最近可能去老家住一些天，写点儿东西，也很想吃二姨做的清水土豆。"二姨笑着说："你还没吃够啊，你都忘了吧？那年你吃清水土豆吃得都哭鼻子了，我们一家难受的，唉，现在好了我儿，要是能来住些天，给你杀羊吧，天天吃手把肉都行呢。"我打了个哈哈，没有继续聊清水土豆的事情，真怕他们动真格的，我去了真的宰牛杀羊地忙乎浪费。对我而言，太油腻的东西失去了吸引力。我也慢慢理解了生活本身理应清淡一点，粗茶淡饭的时代还没有现在的这些个富贵病。很多事情不要太极端，平平淡淡才是真，图一时享受，口感太重，容易偏离轨道。

# 小妹的丝巾

大多数的人，都喜欢春天，我也不例外。春天——万物复苏的这个季节，本身就有着让万众瞩目的吸引力。

不过我讨厌春天的风，忽冷忽热，瞬息万变！沙尘飞扬，把人搞得灰头土脸。

事情发生在一个春光明媚的早晨。母亲要带我和小毛头去舅舅家串门。年仅十岁的小毛头，在镜子前忙碌了整整半个小时，手里摆弄着她那唯一的一条蓝色的丝巾，在自己的脖子上缠来绕去。这条丝巾，是小妹美丽梦想的化身，是她蓝色的少女情怀。她的这个梦，来自一个美丽的女人——曾经在我们屯下乡的天津知识青年——女神黄晶。

据说，我们的大队长看见黄晶的一瞬间，瞪眼发呆一刻钟，眼睛眨也不眨地直愣愣地瞅着人家。后来他说出了那天的震惊——原来，人还可以长成这样的美！

我们大队长，将本应该下地干活，接受贫下中农再教育的黄晶，安排在嘎查的小学当了一名老师。全村人都没有提出异议，好像那么安排是天经地义的。都说像她那样水灵灵的、弱不禁风的女子，要是在野外劳动，被风刮走了怎么办？

来自天津的汉族老师，言语不通，怎么给这些蒙古族孩子上课呢?嘎查小学的那德米德校长绞尽脑汁琢磨了半天，突然开了窍，来了灵感，决定让黄晶教音乐课。孩子们学唱革命歌曲毕竟是件好事啊!

这真是九天仙女下凡尘，凤凰落在鸡窝里了。可想而知，她带给孩子们心灵上的震撼和冲击，是前所未有的。

黄晶老师出现在学校操场的时候，男孩子们的目光全部锁定在她那白皙的脸庞上，女孩子们的目光全部被她身上的装扮吸引住。小毛头的目光却久久无法离开那条在黄晶纤细的颈部飘扬的蓝色的丝巾，仿佛见到了世界上最美丽的精灵。小毛头简直是走火入魔了，做梦都渴望着能拥有这样一条蓝色的丝巾，来装点她少女的春天。父母禁不住她半个多月的软磨硬泡、死缠烂打，最后终于给城里工作的舅舅写了一封信，让他从城里买了一条蓝色的丝巾，抓紧捎了回来。

自拥有蓝色丝巾的那一天开始，小毛头从来不洗的黑脖子开始显露出娇嫩的肤色，多年养成的时不时用衣袖擦鼻涕的经典动作也不见了。

那条蓝色的丝巾，是飘扬在我们校园的一面旗帜，黄晶回城以后，旗杆是我的小妹。蓝色的丝巾飘扬到哪里，都会得到最高的欢呼和热捧。小妹的脸庞如熟透的桃子般红彤彤的，梦里都在满意地微笑。

有好几次，我已经抬起脚来，要踢小毛头屁股，可是看到那条飘扬在她胸前的蓝色的丝巾，我居然鬼使神差地把鞋子脱了下来，将鞋底的泥土拍掉后，再把鞋子穿上了。说实在的，我也是在她有了这条丝巾后，才重新认识了我的小毛头，才开始认真反思，发现她是我的小妹，不是小毛头弟弟。父母突然发现，总是争吵不休的二人，已经很少发生争执，还学会了有时候互相礼让。每当这时候父母就相互交换着眼神，好像是在询问彼此:“这俩孩子怎么了?难道小狗也有不争抢骨头的时候?”

在舅舅家我们度过了愉快的大半天时光。美味佳肴就不用说了。临走时，外婆吻了吻小妹的额头说：“我们的小毛头可是越来越漂亮了，真是女大十八变啊！”

“就是啊，人显得精神不说，个头也长了不少呢！”三舅妈说这话的时候，小妹的脖子好像有弹簧，伸长了一大截，缠绕在脖颈上的蓝色丝巾因为她的举动滑落了下来，更加突出鸭脖的长度。我瞄了一眼，看见她正使劲儿地踮起脚，好让自己看起来更高。这时，我看见一条毛毛虫爬到了我的腿上，我轻轻地将它抖落到地上，悄悄地抬起右脚，一脚把它踩死了，之后又不解气地使劲儿用鞋底踝了踝，让它彻底消失了还不解恨。

虽然，外婆紧接着夸我说：“我的臭宝贝外孙也长高了！”但这丝毫没有给我带来一点点愉悦。嫉妒就像一把火，烧得胸腔发热！我第一次嫌弃自己的性别，觉得做个女孩子还真不错，花枝招展的。

从娘家回去的路上，母亲唱着忧伤的民歌。随着毛驴车的颠簸，母亲的歌声高低变化着，时断时续，遇到车子颠簸时发出的颤音，听起来也很美妙。仔细一听，母亲唱的歌都是远嫁他乡的女儿想家时候唱的民歌。《诺恩吉雅》《龙梅》《格日勒》……其他的歌名我没有记住。即使当时有想要记住这些歌名的兴趣，估计也都随风飘散了。

爬上了架子山底下的漫坡，母亲才发现，山脚下的风已经毫无征兆地肆虐起来了。我看见山脚下的屯子，已经被沙尘暴席卷了。待走到屯子西侧的洪水沟的时候，前边呼啸着焦黄色的沙尘暴，吓得拉车的毛驴都不敢往前走了，被沙尘打着头歪在一边。小妹焦黄的头发如蒿草般被风吹乱，衣服领口开了，绕在脖子上的蓝色丝巾，此时看起来不是在随风飘扬，而是缠绕在她的脖子上，好像是勒紧的绳子，让她窒息。大风无法让小妹睁开眼睛，她闭着眼睛，摸索着抓住了丝巾，郑重地将丝巾交到我手里，说："哥，你帮我拿着。"她则用手整理着自己的衣服和被风吹得如干蒿子般的头发，然后一只手抓住车厢板，稳定身体。这时，突然横空袭来一股龙卷风，差点将毛驴车刮个底朝天，风呼啸着、旋转着，向远处扫去。我双手抱着头，慢慢睁开了眼睛，看见妈妈已经跳下了驴车，后背贴着车辕，将小妹紧紧地抱在怀里，已无暇顾及我和毛驴的安危了。

小妹睁开眼后，手指像四叉子般向我伸了过来："我的丝巾！"

我寻遍了毛驴车下边、洪水沟下边、我们屯子里每一户人家的每一棵果树、屯子南三十五垧地里每一棵玉米秆、五岔沟内的每一根柳树枝……却还是没有找到当时握在我手里的那条蓝色的丝巾。

从那天以后，我更加厌恶春天的狂风。听到狂风嚎叫的声音，我就开始头晕耳鸣，不知所措。

工作后，无论是出差还是办私事，只要外出，我都会给小妹买一条新丝巾。那天我从南方回来，又买了一条新丝巾去小妹家，正赶上小妹和她上大学的儿子通着电话。小妹看见我，故意调侃似的说："儿子，你三舅舅出差回来了，又给我买了礼物。""不会还买了丝巾吧？"他俩开心地哈哈大笑。

我总是忘记老妹开着服装店，也卖丝巾的，她一生做了小女生们的服装顾问，告诉她们怎样搭配丝巾才好看。

# 毕业秋风

当年我就像一粒充满了欢乐、理想的苦菜籽随风飘到了心中仰慕已久的这所大学。不知不觉中大学四年飞逝而去，我的毕业之夏就悄然而至了。

泪眼回首，凝望自己曾经走过的路，细细斟酌我为自己的学生生活画上的句号。心灵的白天鹅忧伤地鸣叫着，在图书馆、宿舍门前、教学楼上空留恋地盘旋。我慢慢地走出学校大门，一步三回首，离开的脚步无比沉重。

研究鲁迅文学的课没去上，去喝茶了还是去踢球了，我现在已经想不起来了；打碎了一块玻璃之后，怎么就把责任推给了多情的秋风？与外校的一大帮老乡灌啤酒，喝着喝着忘记了已经约好的那个人，与明月般妩媚的女孩子一起去看电影的浪漫之约泡汤了。去图书馆，比起要看的书，我更加在意的是几楼的椅子坐起来比较舒服，美眉多不多。现在回想，就是在大学母校的走廊里看上一会儿书，也不可能了；跟着罗宾逊去探险的机会本来就难得，可是我却整天坐在奶茶馆里与之失之交臂，我真想痛哭一场。

班里的十七个女生，在我眼里个个都是天仙。而我却没能了解她们的秉性和她们内心许多美好的梦想，只是记住了她们彩虹般鲜艳的裙子而已。那么多没有按时完成的论文、那么多东拼西凑的作业，现在用一生都无法交出满意的答卷。

毕业后找工作时到处碰钉子，金碗、银碗哪个也轮不到我。最后还是我最心爱的蒙古语文带给了我机遇，给了我力量，让我拥有了旧的办公桌和新的学生。

偶尔收到同学们的来信，知道他们都在为自己的理想努力奔波着，我感到无比欣慰。上完课，写上几首小诗慰藉自己寂寞孤独的心灵；孤芳自赏，做自己最忠实的读者。工作这道题怎么演算都演算不出准确答案；生活这个作业从来没人给我打过及格。生命的蜡烛燃在酒桌上变得黯淡无光；无所事事的周末读着天才诗人却那木的长诗《人》，茶亦苦，烟亦涩。

毕业那年的秋风，牵绊着我的昨天、今天和明天，在我心里摇曳成永恒的风景线。

# 与书友父亲一起慢慢老去

过了不惑之年，发现最享受的事情还是读书。周末领着女儿去书店，给她买几本漫画，自己买几本刊物，回家后关掉手机把自己关在书房，沏上一杯热茶，无比轻松地读一些游记和散文，顿感浑身清爽，心情舒畅。远离无聊的会议和喧嚣的饭局是多么的明智，时间珍贵，生命短暂，不能浪费在毫无意义的事情上。

是父亲让我认识到了读书的乐趣。他老人家当了二十年教师，又在苏木党委组织委员职位上干了二十年。前二十年培养了一些好学生，后二十年发展了一大批好党员。但最主要的还是他热爱读书的好习惯给了我不可磨灭的影响。他老人家那时候订的刊物报纸有的我还能想起，蒙古文的有《花的原野》和《世界文学》，汉文的有《参考消息》《读者》《资料卡片》《讽刺与幽默》等。我们最喜欢的是《讽刺与幽默》。每期报纸一来，大家都聚到父亲身边，父亲先看文字，后看漫画，然后讲解给我们听。受到那些漫画影响的我还写了很长时间的杂文，是一个绝对的文艺愤青。到了三四年级，父亲就给我们订了蒙古文的儿童刊物《花蕾》《娜荷芽》等。那时候全校的孩子当中只有我们家订了刊物，每期一来大家争着抢着看，简直能引起不小的轰动。我从小学三年级开始当蒙古语文课代表，一直当到高中毕业，就是因为读的书多，作文写得好的缘故。

我很小的时候我们家条件还可以，父亲是国家干部，有红本，吃供应粮的全村就他一个人。我们家在全村第一个买了手表、缝纫机、自行车和录音机。我开始懂事的时候，是到了七十年代末。村里换了一个支部书记，是个小人。吃拿卡要无恶不作，看不得别人比他好，所以我们家吃饭都成了问题。母亲积劳成疾，不能上地里干活，得不到工分，到了秋天，队里就不给我们家口粮，必须用现金或实物去兑换。渐渐地家里变得很穷，我记得有一年实在没东西去换口粮了，大冬天的，我爸脱去羊皮大衣换的口粮过的年。但是家里的那个宝贝却一直没有动，那就是父亲的大书柜。虽然一家人吃不饱饭，但是我们拿到《水浒传》《三国演义》就能把饥饿忘得一干二净。

苦尽甘来，读书的家庭培养出了有修养的孩子。大哥是个包工头儿，承包线路工程一年四季忙得不行，可是稍有闲暇就买来《非常关注》或《特别关注》了解国情，欣赏新事物分享见解。二哥的书总数上已经超过了父亲的书，他女儿才七年级，所读过的书直追父亲，是个读书达人。父亲的书越读越深奥，读完党史、国史，再读《易经》，学习阴阳八卦风水学，自己制作了一本小册子，把我们几个的生辰八字记在上面，看看我们的命运和福祸，表面上很迷信的样子，其实也有很多科学道理在里边。只是岁月不饶人，老人家看书容易犯困，拿着书躺着看，偶尔去看看已经睡得美美的还打呼噜，看完的东西忘得也快了，跟我说过的事情又说第二遍第三遍。我也不揭穿他，任他唠叨。等他睡了，把手伸到他枕头底下，往往能摸出一两本好书。他这几年一直订阅《炎黄春秋》杂志，一本用大量的实例客观分析历史的好书。

父母与大哥的两个女儿同住。女孩儿爱干净，家里收拾得很整洁。

母亲信佛，供奉的画像前香火不断。但是除了香火的味道儿我还闻出了家里书的味道。摆放在那里的一大堆旧书，散发出墨汁纸张的混合味儿。这个味儿是那么的熟悉、清香，有安神补脑的力量，像荡涤心灵的清泉，陶冶情操的音乐。

散发铜臭味的市侩、拜金主义泛滥的污秽改变不了我们的本质。我是一个基层的文艺工作者，就像我的父亲，经济不算富裕，终究没有什么政治抱负或野心，安分守己地过着小日子。也很羡慕暴发户和土豪的好命，却更加敬佩、向往父亲与书为伴的一生。父亲是我终身的书友，虽然我俩不能一起年轻，但是也很乐意随着时间的流逝一同慢慢地老去。

# 第二辑

# 向往的季节

这个系列散文要从喝酒说起。

我敢说，你如果看透了饭局，就能够看透这个社会。

对我来说，喝酒的历史就是成长史。我在酒桌上认识了很多人，他们影响着我，也影响着我的认知与生活，通过酒桌和酒友我也更加看清了这个时代的一些特征。我在这里不会讲什么酒文化，也不是揭露或贬低某些人，我只是说出这些人就是我的酒友，都跟我差不多，有好有坏，认识他们是我的命，然后生活就是那样的热闹、苦涩、甜蜜、辛辣、酸苦，五味俱全而已。

说真的，离开酒桌一段时间后才明白了一些道理。

# 盖帽的一代

话说“70后”是被试验的一代不为过。考上大学了是学分制的试验品；毕业找工作是自由择业的试验品；上班挣钱没两年是绩效工资制度试验品，就连喝酒也都是衡量假酒度数的试验品，喝假酒喝了整整二三十年；等于是前无古人后无来者的一代。“70后”们喜欢喝白酒，然后喝啤酒盖帽儿。菜肴不多，喝到最后满桌都是酒瓶子，都能喝到对瓶吹。到盖帽的那会儿，菜肴就没人吃，也没法子吃，因为碰杯整得酒都进了菜里，有可能还有玻璃碴子，所以就无法下筷子了。我们这些人喝坏了胃，肠胃都纸片儿那么薄，大多都是胃溃疡，感情却是厚重丰富，胸怀坦荡，软硬兼收还豁达。我们这代人喝多了丑态百出，飞盘走盅，桌子椅子乱飞；可是到了第二天好像啥事都没发生，该干的活儿决不含糊，合作愉快能拧成一股绳儿，劲儿能使到一起。

我们语文组组长总结说：“我们这代人就是毛驴的倔脾气、耕牛的命，给他们喝酒是唯一的激发战略。什么事情都可以用喝酒来解决的一代。”

我的这些酒友是我人生当中碰到的三件珍宝之一。爱哭的、爱笑的、爱嘚瑟的、要小心眼儿的都是那么可亲可爱。你也别猜他们是谁，因为小说的主人翁都是东拼西凑，把好几个人的特点合到一起加工而成的人物。你我他，都与主角相似。

## 老舅的饭店

刚毕业的那阵子进不了高档酒店，就一个常去的小酒馆是我们“腐败”的“天上人间”。那个饭店的全部菜品不会超过二十种，因为常去的缘故，菜名都背熟了，那个饭店还真没有菜谱，想吃什么菜你可以直接进厨房点菜。厨房里有个美女厨师，是人家老板的外甥女儿，所以大伙儿就叫这个饭店为“老舅的饭店”。其实你也猜出来了，这个美女厨师才是本故事的关键人物。她很妩媚，笑起来脸上就会出现两个特别好看的酒窝。白白净净的，个子高挑，音色甜美，很会招呼客人，跟她说上两句话，你就会觉得那一天的天空特别的蓝，云色特别的白。到现在我们也都会说，“老舅”给他外甥女儿可以发双份工资，因为那时候教育饭店的女老板也想挣我们的钱，都给我们打六折了，我们还是不去她那里消费。

每次去老舅的饭店，我们一大帮光棍儿都会争着抢着点菜，那几个已经结婚的前辈根本就不用劳心。菜点完了，还不用服务员忙乎，酱油、大蒜、韭菜花、咸菜、辣椒油、蒜泥、香菜、餐巾纸、抹布、筷子、碟子、小碗、酒杯，都会有人乐意服务摆好了。每次上厨房续茶水都会争得面红耳赤，一个劲儿地学雷锋，大家都使劲吃菜，目的就是为了加菜，进厨房喊："再来一盘尖椒干豆腐！"

偶尔，老舅有事忙，炒完菜的美女厨师大人亲自送到酒桌，聊得天昏地暗的大叔小年轻，都会戛然而止，有的咬着筷子流口水，有的拿起酒杯手却停在半空，有的把夹好的菜送入鼻孔，有的把啤酒倒在杯子外边，裤子都湿透了还在倒。为了避免这种尴尬，美女只好少出来。厨师大人很少露面，更加提高了吸引力，大家争着抢着进厨房要酱油要醋，老舅整天埋怨客人都是东北爷们儿，却为什么那么爱吃醋？

那时我们都会赊账，吃饱了喝足了自然而然地平摊，每个人都在点菜单上签上自己的大名，钱数老板娘会算得公平合理，分毫不差。每到月底发工资的时候，老板娘按时出现在学校财会室，收取人头费，那些绿的红的票子都进了她的腰包里。只有那天大家兴致都不高，也没有人提议出去疯狂，不过第二天开始，三三两两地又会奔向老舅的饭店，照样签上大名，周而复始，乐此不疲。其实说什么 AA 制，我们用得比较早。

就这么过了好几年，我们一大帮光棍儿，都还是老样子。见了美女厨师，除了酱油就是醋，连正常的两句话都没有聊过。每次去都打赌，谁谁要主动去搭讪。结果都是胆小如鼠，有那个贼心没那个贼胆儿，谁都没有成功地搭讪过。

故事到了这里，就应该有个转折点了吧。

就在这个节骨眼儿上，我老弟"黑鬼"毕业回来了，所以一切都变得不可理喻，好几个人一下子肝肠寸断。"黑鬼"乃是我的学弟，复习好几年才考上我毕业的那个学校。这家伙来了，我照样领着去了老舅的饭店。那天菜也是少有的丰盛，还给他特意要了棒棰岛啤酒。可是黑鬼的心思完全不在吃喝上，两眼如炬，直接射进厨房。整个饭局下来，他就说了一句话，气得我们都翻白眼。他说："呼市十七个大专院校也没有看到过如此俊俏的美眉，原来凤凰在这里歇息呢！”

大家马上给他上课，男人三十而立，先立业后成家什么的，他一句也没有听进去，好几块钱一瓶的棒棰岛啤酒倒是喝了不少。

第二天起来，黑鬼跟我借了二百元，人就没影了。那时候也没有手机，失踪的黑鬼自然没地方找。大概过了一个月吧，有一天文体广场上有演出，我们几个没事的，晃晃悠悠去了那里观望。突然发现黑鬼也在那里，不过旁边站着一个很熟悉的姑娘，细看，浑身的血液都凉了。美女厨师傍着黑鬼的胳膊，亲昵的一对恋人正在奔着我过来。就这样生平第一次的正规对话开始了：“哥，你也过来看演出啊？”“嗯哪！”我什么时候变成她的哥哥了？我都有点头晕，我怎么会是你哥呢？做梦都想让黑鬼叫你嫂子的倒是变成了你哥？天理何在呀！

后悔得肠子都青了。心如刀割、五内如焚是这样的感觉啊，嘴里酸酸的，喝桃汁饮料还是觉得苦。早知道是这样，还不如那天给黑鬼多借几百元，把那阎王直接送到火车站多好？这小子，岁数比我小，手段比我们高好几个档次，真的没有地方买后悔药啊。

日月如梭，现如今，黑鬼与他的美眉生活得很好。我那可爱的“弟媳妇”，改行卖起了手机，自然收入不菲。有一次我们几个上黑鬼家里喝酒，当年上厨房要酱油最多的一个说：“老妹子怎么会卖起了手机呢？为什么不开饭店？”真是的，人世间总会有那么几个见了棺材都不掉泪的主儿。

有时候也想，厨师弟媳妇炒得一手好菜，黑鬼喝好了，点上一支烟，靠在沙发上，吐着烟圈儿，跷着二郎腿，包拯般的脸上会露出什么样的得意表情呢？

不用说也知道，自从黑鬼出现，老舅的饭店就关门了——原来还有个人受的伤比我们还严重！事到如今，只能这样安慰自己而已。

# 关布书记的豆腐心

关布老师曾担任多年的班主任，工作很出色。关布老师的爱人在乡下工作，周末才能回家一趟，所以咱关布老师自从有了女儿之后，既当爹又当妈的，上班时都把自己的女儿抱在怀里驮在背后，一直到长大。就因为这个缘故，关布老师特别溺爱自己的女儿。多年后，孩子考上大学了，他的心里空落落的，想起女儿就经常悄无声息地落泪。

据说孩子小的时候，关老师家里没人看管孩子，那天他接连三节课要听课，实在没办法，就把女儿送到学校的托儿所。第二节下课后，关布老师忍不住，急急忙忙地跑去学校托儿所从窗户往里悄悄地看，瞅到两位年长的阿姨在北炕上嗑瓜子儿，吸旱烟，闲谈着，而他四岁的女儿在南炕的两个摇篮之间蹲着轮换摇动摇篮，且气喘吁吁，满头流汗，湿透衣背。关布老师看到后火冒三丈地跑进去，生气、怨恨、懊悔得一时都语无伦次地吼道："你们好啊，你们很好。你们怎么能让这么小的小不点儿去摇动摇篮呢，她还这么小，你们却整得满屋子旱烟味儿……"说完，几乎哭着抱起女儿，出来后，再也没有送过那里。从此之后关布老师每当上课的时候，就把女儿留给办公室的同事看管，在其他的地方就牵着女儿的手，寸步不离地带着，直到上小学为止，都是自己看护的。他说：那时候，每月三五十元的工资也雇不起照顾孩子的保姆。

后来，关布老师担任了学校党支部副书记职务，对教师们的政治学习安排得适当，各种活动安排得井井有条。对年轻老师、新党员不厌其烦地、很负责任地教导培养。为了迎接节假日和帮助协调教职员工的红白喜事而奔波忙碌。每当送走一位老教师老工友他都会流泪悲伤；赶上年轻教师的婚礼，祝福的话说着说着，眼睛也会湿润起来；当谁家子女考上某个好学校，吃升学宴时他就说："这不是那个调皮的、流着鼻涕的孩子吗？孩子们成才不容易，十年寒窗，辛苦不说，压力那么大……"说着说着就拿起餐巾纸揉眼角。

跟他常在一起喝酒的几位中也包括我。酒席一开始，那些油嘴滑舌的马屁精先说："关老师的酒量好，身体倍儿棒，所以您一定要多喝几杯。"因为关老师很容易激动，喝酒时平常不会耍赖，经常是感情深一口闷。继而他们说："关老师是个菩萨一样的好人。"然后举例子，用事实论证，说起关老师对谁如何帮助了，给谁办了什么好事了，说着接二连三地敬酒。还说关老师的女儿学习好，考多少分进入了哪个好学校，将来一定会有出息，等等，从而使酒席气氛很快就高涨起来了。最后还说："关老师是多么地心疼自己的女儿，女儿从小就是在他的背上长大的，他是女儿的摇篮，女儿是爸的眼珠和心头肉，现在女儿已上了大学，我们关老师每天非常想念女儿……"得，老关这时已经开启了水库闸门，眼泪那是波涛汹涌。要是不赶快结束，教导干事海山会火上浇油说："哎呀，出门在外的女儿会更想老爸的，每当想起老爸呀也是这么无声地流眼泪啊。"这就坏了，老关抓住旁边坐的一个，把头埋在那个人的怀里，最快也得哭个半小时，湿透了人家衣裳，自己也觉得把那些海浪一样的奔腾不息的感情发泄得差不多了，才慢悠悠地各自回家。这样的话，海山的目的也达到了，因为到这个程度，老关绝不会让别人结账，他会说：“这次就算哥哥请了。”每次都这样的结局。

有时候老关的孩子在家，老关也急着回家陪女儿。这样的酒桌可就不好掌握。可是海山是谁呀？有的是绝招、损招。他会改变打法，不停地转变套路。他说：“我们每人给菩萨心肠的关书记敬献一首歌。”说完就从最能煽情的民歌开始，比如：《喜树梅林》《新树花儿》《诺力格儿玛》《诺恩吉雅》。几轮唱下来，关老师也跟着打上节拍，摇头晃脑的，最后拿上筷子敲饭碗或碟子，酒席气氛逐渐达到高潮。

如果这还不行的话，“人渣”海山就来几首诗歌，坏家伙不知道从哪里搜集的一些东西，要么是父亲写给女儿的诗，要么是姑娘写给父亲的散文。高潮部分嗓音沙哑低沉，如泣如诉，不要说老关了，换了别人也会崩溃的。有一次这些招数都用过了，还没有达到预期目的。海山与人打赌，硬是把乌兰牧骑马头琴手请了过来，几首民歌的渲染，把老关整得死去活来才肯罢休。

前几天“坏蛋”海山的女儿上了大学。当我前去祝贺时，海山故意把我和关布老师安排到一桌。我为了能让场面显得轻松一些，就讲了各种段子和笑话。这时关老师挪到了我旁边说：“我老弟是个好人儿，自从你调动工作走后，我俩相遇的机会都少了，所以今天我俩一定要多整几杯，老哥是想你呀，你可能不想老哥……”说着说着眼睛湿润起来了。

我心里悄悄地祈祷：完了，完了！老天爷啊！在六十桌、六百人的目光下，千万别哭啊，求你了。

最后没办法了，我横下一条心说道：“走吧老关，咱俩出去喝。”

# 体育老师那顺

上大学时，我是一名运动员，蒙文系学生会体育部部长。大四的时候我曾在师范大学校运会上十项全能比赛中获得第五名，大二的时候，在校运会撑杆跳比赛中获得第三名。可是工作后，同事们对我体育方面辉煌的过去，没有人相信。因为球类我打不过他们，学校运动会老师参与的项目屈指可数，正好没有我擅长的跳跃类比赛。

后来我才明白，我现在工作的学校是自治区级的体育传统项目学校，很早开始就非常注重体育教学的。从这所学校曾走出过很多世界级或国家级的摔跤手、射箭运动员，铁饼、布鲁项目高手和武术散打选手教练等，尤其有一段时期以足球闻名全区。

刚刚得知这些传奇故事的时候，我也是很振奋。有一次学校要组织教师进行足球比赛，由于年轻，我也有幸参加了这次比赛。上大学时蒙文系足球一塌糊涂，跟谁踢都是只有输球的份。有的系干脆放出话来，跟我们对上要多少分数。最丢脸的一次，跟体育系女队踢球也给输了。

不过在这里，我亲身目睹了何谓传球绝技，有个高个子老师总能抢到球，像旋风一样自然快速转动，转眼间晃过了好几个后卫，一脚定音。那次，我也满场跑得汗流浃背。比赛结束后，那个高个子老师指着我说："嘿，这个新来的小伙子跑得不错，闪得倒是挺快，整场比赛结束，球都没有碰到过他一次。"围观的人们笑得欢快极了，我羞得一溜烟逃走了。

说这调侃话的人就是学校体育组的资深教师那顺。体育组的全体老师都是他的学生。这所学校的年轻校长、科室主任到班主任等几乎可以说，他们全部是他的学生，因为最多的时候他曾经一个人教整个年段八个班的体育课。有一段时间，那顺老师训练的足球队在全区所向无敌，威震四方。每谈起国家足球队的可怜战绩，一些老师就感叹："哎！如果那顺老师的学生能有机会去踢，那就没得说了，肯定凯旋的。"

我也总可惜，那顺老师为什么没能成为国家足球队教练。

有一天，学校供热设备出现了故障。校长是个青年诗人，亲自去监督维修。那顺老师可能喝高了，对着校长说："哎呀宝音啊，真后悔你老师不会写诗，否则将把这个场面好好地描述，来那么一首诗，说不准这破设备就激动得能好起来呢。"

还有一次，全校老师到野外栽树。校长与那顺老师开玩笑说："那顺老师，您怎么也出来了？野外可没什么酒喝的呀！"对此，那顺老师说："栽树是件美好的事情。当年，我带你们栽的那些树现在都已长高，树梢都顶天了，我们爬都爬不上去呢！"接着调侃喝酒的事，又来了一句顺口溜：吃的玉米糙子，喝的高粱坛子，就着咸菜条子，活着就像酒仙子。朗诵完了打油诗，还加了一句：哦，我也会写诗，可怎么就当不了校长呢？就这几句话让诗人校长哈哈大笑。

当上班主任才明白与学生打交道真不是件容易的事。女班主任老师自己管教不了的刺儿头学生一般会送到那顺老师那里去修理。那顺老师由于嗜酒成性，已从讲课岗位调换至政教处思想教育岗位。有人说，他喝好了，把打闹的学生叫过去训话，那道理讲得明明白白，学生都很听他的话。

有一次，我去他的办公室，正巧赶上那顺老师在教训一名“无恶不作”的厉害的角色。那个学生辩称：“你说得都对，但是作为老师体罚学生是不对的。我要告诉我爸，让我爸找学校、找校长和教育局举报你。”

“告去吧！嗯？你爸是谁呀？”

“我爸是胡尔勒镇的满喜！”

“哦，原来你是满喜的小子，所以才如此嚣张。你爸就是宝山屯的满喜，现在当上镇长了，是吧？”

“是又咋的？”

“啪！啪！”给了两个耳刮子。

“当年我就是这样教训你爸来着，否则那小子这会儿可能正在放羊呢。回去好好向你爸告我的状，赶紧滚！”

那顺老师还喜欢游泳，后来我们成了忘年交。时常一起去游泳。我们几个游完泳就会喝开了，大部分是由那老师结账。一般饭店，都会照顾那顺老师的桌，加个菜啊少收钱啊那是常有的事。可能都知道那老师是个乐善好施的人。

后来，那顺老师变成了嗜酒如命的人，每天都烂醉如泥。对于这样的人，能怎么办，学校请他回家了，工资照常发。就这样，大概过了两年，肝硬化辞世了。

自那顺老师仙逝后，我们学校在体育方面逐年走下坡路。

再后来，我向体育组的老师了解到，那顺老师年轻有为的时候，我们学校在体育方面的业绩也是如日中天。不幸正在这个时候调换了校长，新校长的唯一爱好就是麻将，会议室变成了麻将室，找那些闲杂人员，昏天黑地搓麻将，其他事情一概不过问。没有人想说或敢说新校长。只有那顺老师实在是忍不住了，吵过几次，再后来就把那个麻将鬼狠狠地揍了一顿，结果新校长撤了他的主任职务，让他看学校大门。从此，那顺老师便一醉不醒。换了好几任校长，他都像是看破了红尘，依旧醉眼蒙眬。

现在，那顺老师踢足球的画面时常在我眼前晃动，就像一阵旋风，不知不觉中带着球晃过了好几个人起脚射门。

# 空位子

我们称呼吉老师为“笑面圣人”，也不是恶意，他人其实很好的，从来不会做那些暗箭伤人的勾当。他整天笑得特别灿烂，声音洪亮，有那种能够影响左右的力量。所以大家都乐意跟他在一个办公室，一大早，听到他的朗朗笑声，自然而然我们的心情也会变得豁然开朗。

老吉喜欢卖弄，整天琢磨着给人家起什么外号。他给人起的外号，传播力度大，且能经过时间老人的严峻考验，大多都会跟着你一辈子，甚至永垂不朽。我们校医是个安分守己的人，从来不会给学生开什么复杂的处方，总是开一种药品——安乃近。便宜又安全，绝对吃不死人的那种药物。所以老吉给他起名“安乃近大夫”。学校木匠是个图省事的主，从来都不浪费木材和电费。平时他嘴里总叼着几颗钉子，兜里也揣着一大把，学校桌椅坏了给俩钉子，敲两下就好使，又省事，又省钱，历任校长都会给他评先进。老吉给他起名叫“钉子木匠”。还有个学生，自从来的那天起就引起了全部老师的注意，那时学生都穿休闲服或校服，唯独那个学生穿的是西服，而且好几套。那西服很不合身，穿起来松松垮垮的，他站到哪里都是鹤立鸡群，格格不入。老吉给他起名叫“嘎查达”，一语中的，那个人的土财主形象的与众不同，一句话就表现出来了。老吉不是只占人家便宜，你要是能够恰到好处地讽刺他，他也会从心眼儿里高兴。老吉喜欢钓鱼，但那时候个人养鱼的泡子不多，大多时候钓鱼回来两手空空的，都不好意思进家门。有一次老吉回来了在市场上瞎溜达，看鱼。正好碰到我校政教处主任，也是个损人厉害的角色，主任就说了："哦，老吉您这是在市场上钓鱼呢呀！"老吉真是高兴了，手舞足蹈地给我们讲了好几天。

大多数人都不知道老吉骨子里与众不同的那个倔劲头。他要是哪句话听得不高兴了，有突然就爆发的一面。曾听说他踢过两任校长的屁股，所以也吃尽了苦头，把最好的青春年华献给了党的教育事业和冷板凳。这些题外话就不说了，咱直奔主题——空位子的事儿。

老吉喜欢喝酒，而且酒量也不俗，越喝越高兴的那种。他喜欢与年轻人交心，想方设法为你解忧，让你高兴。只是喝高了有个特点，喜欢亲人家脸蛋儿。咱北方人喜欢吃猪肉炖粉条或猪皮炒黄豆芽，喝着喝着他就突然给你一个"惊喜"，满嘴荤油，直奔你的脸蛋儿亲过来，"啪"的一响，算是给你免费做美容了。考虑情感因素，你也不能躲得太明显，半推半就之间，他会给你香几个了，弄得你笑也不是哭也不是。

随着"美容"次数的上升和整个过程的亲眼目睹，我们总结出了老吉征服猎物的一些规律。他在亲你之前往往做一些铺垫，说一些能够拉近两个人距离的套话。比如：老哥真的很欣赏你；老哥会记住你一辈子；作为你的老哥，老吉一定会鼎力帮助你；等等。后来我们一听到这样"感人肺腑"的话语，就会马上站起来，斟满老吉哥的酒杯，毕恭毕敬地敬上若干杯，然后马上选择敬酒的第二个人选，远走高飞。他也会让你坐下，说一些客套话，你一定要坚持尊重长辈的原则，必须抱有宁可站着死也不能坐着挨香嘴的决心。再后来，老吉哥旁边的位子经常地空着，谁最后过来，不管男女，那个位子铁定就是他的。我说过老吉哥没有坏心眼儿，所以他一直没有发现这个秘密规则。

那一年，老吉哥突然升为学校教务处主任。这个位置很重要，因为学校不像那些行政单位，分管副职什么的也有一些特权。学校以教育教学为主，教务处主任那就是学校的一半。上哪个好班级讲课，评一些先进个人，当学科带头人，去自治区首府里比赛，等等，都是以教务主任推荐为主。所以那几年，老吉哥与年轻人交流的机会特别多，有些有目的的女老师也会故意慢慢腾腾地晚到酒席，原以为能坐到老吉哥旁边，没想到，平时总空着的那个座位，已经早有人坐上了。那几年，我校教育教学水平明显提高，学生成绩明显提升，肯定是与老吉哥的“美容沙龙”分不开的。

再后来，老吉哥退居二线了。我也改行到别的单位工作，见面的机会少了一些。有天晚上老吉哥给我打电话，他说：“老弟在哪里呢？方便的话你到宋三一锅出来一趟呗。”我赶紧结束了我那个饭局，赶忙到了一锅出，看到老吉哥在那里一个人喝闷酒。那几个家伙儿，把老吉哥一个人留在饭店，全溜走了。我说：“老哥咱俩怎么个喝法？”老吉哥说：“老规矩，各人自扫门前雪。”“那好嘞！咱就喝个痛快的！”老吉哥喝了几瓶青岛啤酒开始发话了：“老弟啊，自从你改行了，老哥是感到孤独啊，作为老哥我是……”得，又开始了。我没有躲开，任老吉哥在我脸上尽情地表达感情……几个小时很快就过去了，喝得都差点不认彼此。深夜回到家，老婆给我开门，审问道：“深更半夜的回来，你当这里是旅店啊？跟谁喝的？”我如实交代：“跟老吉哥喝的。”老婆浑身哆嗦了一下，喊道：“妈呀，你是不是吃错药了？赶紧洗脸吧，好好洗啊，看你那大花脸，像是个唱戏的。”

一锅出的鸡汤不好洗掉，费了好长时间，用了半块香皂才认出了自己。

# 再来一首吧大舅哥

“大舅哥”的姓名不方便透露，总之他是一个待人诚恳、菩萨心肠的老好人。他喜欢玩各种游戏，或许可以说他生来就是为了游戏，他的人生就是游戏。现代年轻人喜爱的网络游戏全是他的心爱。有个老师说：他看见过一件怪事。有一次他找他的学生，进了一趟游戏厅。学生没找到，却看见“大舅哥”坐在那里跟一帮小孩子一起玩拍打的那个游戏机，那兴致之高无与伦比。

他也喜欢在篮球场上组织各教研组、各年段之间比赛。输掉的一方会请赢的一方吃一顿美味大餐，因此他对组织这些活动总是乐此不疲。有一次，理科组和文科组要举行比赛，理科组找了体育组组长当教练，训练了很长时间。我们也找了体育组新来的篮球专业毕业生，学习基本功，态度积极。比赛当天人家教练在场，我们的教练肯定出去谈恋爱了吧，联系不上了。紧急关头，“大舅哥”毛遂自荐，当上了文科队主教练。结果可想而知，那次比赛，我们输得很惨。古人云输赢乃是兵家常事。这本该与我那“大舅哥”毫无关系。但是，现在想想这或许和我这个“大舅哥”有着莫大的关系。因为，全场比赛“大舅哥”总是喊那两句话：“跑啊！快跑啊！”这没有错，比赛就等同于跑步，不跑怎么可能胜利呢？是吧。

“大舅哥”有个小癖好。那便是酒过三巡后定会表达心意——唱歌。当时，有的人会笑话讲，“大舅哥”喝浓茶也会醉，还要唱歌。对此，我不以为然，他只是纯粹地喜爱唱歌而已，跟醉酒无关。大伙儿都知道他有个如花似玉的妹妹，还没有对象，所以这些光棍都很敬重他。年轻老师们总是变着法子让他高兴。

“大舅哥”的歌堪称美妙。当他兴致一来，蒙古族长调便是他的拿手好戏。《小黄驹》《竹鞭子》等经典的长调歌曲我们听得多了，都差不多学会了。唱歌固然是一件好事，不过，每次唱歌他必须要唱过瘾，两首或四首等，这是蒙古族原有的习俗。别看他唱歌的时候大多闭着眼睛，专心陶醉的样子，你如果不认真听或者搞小动作找人碰杯喝酒，乱说话，“大舅哥”当场就会来气，大声训斥并且不听任何人的劝告将酒桌掀翻。我们深知“大舅哥”的脾性，所以会尽量宽容他，这反而是“助纣为虐”了。

因为大家对此心知肚明，所以都要显得很尊重他。作为酒席主持人，首先面对的就是按照在座人员辈分情况，安排“大舅哥”唱歌的次序。只要“大舅哥”开始唱歌，无论是谁都要注视他眯起的眼睛或宽厚的嘴唇，以示尊重。此间不得出现窃窃私语、碰杯饮酒、私下夹菜现象，尤为注意的是，离席上厕所等粗鄙行为。

即使他所唱的歌曲是听了很多次的歌曲，大家也都要表现出不厌其烦的表情，对其进行赞颂。接着大家鼓掌欢呼，求他唱首《嘎达梅林》；唱完《金杯》以后，大家请他再唱一首他新学的或最拿手的歌，用来对上此前唱的第三首歌曲。

“大舅哥”越唱越来劲，其调也愈长，脸上充满了幸福感，如同站在天安门城楼上检阅三军的元帅，个子也很高，从高处傲视酒桌上的小年轻们嬉皮笑脸、恭维拍马屁的喜人场景。

尤其是体育组的宝兴少爷，不断地给“大舅哥”斟酒，以各种说道对其敬酒劝酒，好话说尽，想当小舅子的意愿如此地明显。

等酒席结束之际，唯有“大舅哥”一人被捧到九天云霄之上，而酒桌上其他人则受尽折磨，不胜厌烦。然而奇怪的是即便如此，大家还是显得兴高采烈。可见人的忍耐力因为某种不可告人的目的，可以变得坚韧无比。

忽然有一天来个晴天霹雳，“大舅哥”如花似玉的妹妹跟一个开饭店的小老板结婚了。原来美梦总是很短暂。由于我们都有事，谁也未能参加她的婚礼，有那么几个人将请帖撕得稀巴烂。

那天大家又去打球了，还是要聚会。大家的意见如此之统一，因为晚上大多都有课，所以嘱咐服务员，主食和酒菜同上。

宝兴少爷坐在主位发话道：咱老蒙古不要总唱《金杯》《银杯》，那是一个民族及时行乐、麻木不仁、消极心态的表现，几辈子人一喝酒必唱《嘎达梅林》，感慨激昂，豪情万丈，出门就变得狗熊样子。今天大家伙儿，谁也别唱歌。闭口不谈工作，喝酒吃菜早点回家睡觉去。

“大舅哥”惊得目瞪口呆，像瞅着陌生人那样无助的眼睛很是可怜。双手握着酒桌边角，等了很久，没人说话，大家吃得有滋有味。他的双手颤抖好久却没有掀桌，悄悄起来回家了。

后来风声很紧，大多数人下班就跑回家，去饭店铺张浪费的人少了，因此“大舅哥”参加饭局的次数也屈指可数了。再后来听说他大病一场，想想就知道那么多气没有办法发泄，憋着肯定会出事的吧。

# 再来一曲吧老金哥

这是二十世纪九十年代末的事情了。要是单位来了重要客人，领导就会找我说：“白主任，你看着找个好一点的地方，顺便把老金哥叫上。”

老金哥是旗文化馆的马头琴演奏员，他的演奏水平怎么样谁也说不准。因为那时候全旗就他有一个马头琴，没有对比，所以只能说很好。我跟文化馆的馆长是拜把子兄弟，所以老金哥也就会给我一点面子，没有极特殊情况和演出任务，就会坐我摩托车后边，直接到饭店。

那时候，我们普通干部都抽一元钱一盒的兴安烟，老金哥抽三元一盒的桂花烟。再怎么心疼，也一定要给买两盒放在他前边。然后年轻老师们给他斟酒。我先隆重介绍来宾，因为来宾的身份一定要超过一个等级，要不然人家“艺术家大腕”给我们阿猫阿狗演奏，那身份不是掉价了嘛！第二步是想方设法让老金哥多喝一点，尽快推进速度，让他很快进入状态。这就需要一些招数，刚开始给服务的年轻弟弟们隆重介绍老金哥和他的艺术生涯。然后让老弟们分别给他敬酒。尽早安排他张罗酒，自己张罗的酒他会喝得多一点吧。接下来是老朋友们给他敬酒。我物色人，安排节目，来几首清唱。校长主要陪客人，但也看着进行的情况，跟老金哥客气几杯。这样整得差不多了，就要想办法让老金哥拿起马头琴。不能直来直去地，莽撞地说：“来一个吧。”那样老金哥会生气，表演的时间会突然无限期地延期。所以最好的办法是大家异口同声地夸奖他的马头琴。从价格、材料、配置到琴声一一举例，赞美声越高越好。这样老金哥就会自然而然地拿起马头琴，一一给我们讲解介绍，什么热带蟒蛇皮、非洲高价木材、汗血宝马尾巴做的弓弦等。这时候校长会增加艺术内容，赶紧讲内蒙古著名的马头琴大师们和他们对民族文化的伟大贡献等，有根有据地详细分析一通。这回他就自己问了：“弟兄们想要听什么曲子？”

这时候请注意，千万不要一时冲动说出什么《嘎达梅林》啊《努恩吉雅》等曲名来。你一点歌，老哥就会说：“哦！好的，好的。”手却把马头琴放到原处，举杯喝酒了。这个很好理解，比如，我要是到医院，挂了内科老大夫，自己说出要开嘎日喜、喜吉德、巴布等蒙药，那老大夫肯定会生气，说不准让我滚蛋呢。因为老金哥他自己会知道第一曲拉什么，第二曲拉什么，早有定数，你瞎掺和，他就回到原来的状态，大家重新开始，一步一步地重复各环节。

老金哥平常拉的第一首曲子是首科尔沁民歌，第二首曲子肯定是扎赉特民歌，他总是在开始拉曲子之前，来一个简短也是高端的文艺讲座，详细介绍这几首民歌的来龙去脉、曲子特点、伴奏的效果之类。这是大师们最基本的功夫，你看过武侠剧吧，哪有一开始就使如来神掌或降龙十八掌的？都会从站马步、白鹤亮翅开始慢慢深化的。

不管怎样，马头琴声确实好听。就像饿昏了吃什么都香一样。悠扬的旋律把我带到广袤无边的大草原，那里有蓝天白云，风吹草低见牛羊。可是牛羊还没出来，刚到蓝天白云那会儿，琴声戛然而止，老金哥不慌不忙地点起一根烟，吸两口问：“这琴声怎样？”大家急忙抢答，都会点头哈腰地强调这就是天底下最美的琴声，在世界最高音乐殿堂——维也纳金色大厅也就不过如此云云。很像那小学生回答老师的提问，生怕自己的回答老师听不到一样。拉完一首曲子，大家就会隆重地干上一杯，痛快地买单。这样才会有第二首曲子。第二首的开场白是扎赉特民歌的起源和特色，以及扎赉特长调民歌的唱法与西部长调之间的区别，等等。然后是扎赉特民歌《鸿雁》飞起来。飞过千山万水，从高空鸟瞰家乡的神山，飞呀飞，飞过那百灵湖，飞过绰尔河，还没到神山呢，停了。老金哥口渴了，抿一小口酒问："扎赉特鸿雁跟别的地方的不一样吧？还行吧？"学生们继续抢答。最后是万马奔腾。春风得意马蹄疾，微风阵阵百花香。马群在旷野里奔跑，地动山摇，套马的汉子瞧准了一匹黄骠马奔去，黄骠马长长地嘶鸣。我们的脖子就像有个无形的手在抓着一样变得老长，眼睛盯着老金哥的左手四个手指，手指上下滑动，我们跟着点头，像夏天的马躲避苍蝇，脑袋一个劲儿地上下摆动。黄骠马的嘶鸣还没结束，正在高潮上，嘎！琴声又停了。老金哥不慌不忙地笑着问："拉得还行吧，凑合吧，你们说呢？"

雷鸣般的掌声响起，一阵高过一阵。

# 再干一杯啊道尔吉哥

每个人喝酒都有自己的打法。内蒙古电台曾经创作了一首说唱音乐歌曲，网上疯传。那首歌的大意是："想喝到迷糊找苏道哥喝啊，想喝到疯狂就邀恩和哥喝哟，想唱到天亮就跟丹毕喝啊，想死得痛快就跟金宝喝哟……"歌儿里这些人都是各盟市电台的领军人物，想必都是战功显赫。金宝哥我也认识，年轻时酒桌上拼酒把一个战友欢欢乐乐地送上了天堂。

其实我们也跟他们一样，喝酒也有很多章法。比如：要和钢哥喝酒的话，进去之前，一定要先想到怎么出来，借口和退路要准备好才行，要不然很难抽身，你会被整得很惨，第二天才能见到家人；要和嘎达主任喝的话提前定好一个人送他回家，因为他常常是喝到找不到自己家；要跟萨木丹老哥喝的话精神一定要高度集中，不要最后撤离，因为谁最后出去谁结账；扎那领导邀请你去喝酒，你就需要找两个女士同去，要不然酒桌菜肴太过寒酸，丢你的脸，别人进来敬酒都会给你们加一个菜才能好意思出去。

我有段时间也是中午晚上不停地应酬，以至于中午喝酒的时候就想着晚上的应该怎么安排和继续，经常是打肿脸充胖子，赊账欠款安排人们吃饭，第二天醒来后那个心疼和后悔啊，肠子都悔青了，啥也不想吃，好像是为了昨天的慷慨大方而赎罪似的。还有一个朋友无论中午还是晚上只要有喝酒的地方就都答应，哪个饭局上都坐不住，谁在也留不住他，凡是答应的局都得去，走马灯似的。他自己的解释是：人家请我喝酒，肯定有他的道理，那必须尊重人家，必须亲自到场，宁可伤身，不能伤了和气。说了这么多了，这篇散文的主人翁也该出来亮相了吧！

这么多年来我最不愿意去的饭局就是道尔吉哥的场面。要不是好长时间没喝酒了，酒瘾发作难耐或者他的饭局上有我必须见面认识的贵人，我宁可说哪个远房舅舅或姥爷升天的谎话，也得躲掉他的饭局。因为跟他喝酒，就跟上战场似的要命。

道尔吉哥架子大，不管是什么时候哪个场合，就算是AA制的饭局都像是他请客似的，总说那些冠冕堂皇的套话空话。如：“哥是为你们着想……”“哥是为了你们才来的……”“作为老哥我说实在的……”他作为老哥其实是什么也没做，我们只希望他什么也不说。

每次喝酒他都是最后进入状态的，开始都是他豪情万丈地跟人碰杯，然后悄悄地少喝点，杯子放好了一看就下去了那么一点点。要是有人说：“哥你喝酒，咱俩干了吧。”他答应得好好的，然后用岁数作为借口，让你先干为敬。等你喝完了他就会有一万个理由不能喝酒，只能抿一口的份儿。其实通过长时间的观察我们发现道尔吉哥特别爱喝酒。他不是不喝酒，只是喜欢让别人劝他喝酒。只要你不累，你劝得越多越妙，他就越高兴。换了是我就会想，他爱喝不喝，我们喝自己的。可是事情不会那么简单，简单我还写它干什么？

等人们都喝醉了、喝好了，他就开始整我们了。以退为进，反攻过来。他会站起来检查每个人的酒杯，两眼如炬，老鹰下山。他就端起酒杯，说那一套煽情的江湖套话：“多一个朋友多一条路”“朋友自然是两肋插刀拔刀相助”“朋友是一辈子的财富”，等等。本来我们就喝好了，一听这忽悠，满腔热情的，再看到他把酒一饮而尽的那个豪迈，噌噌地都干了。他说“好事成双”，我们跟着喊“草原三杯”；他说“成双成对”，我们预祝“六六大顺”。这回都掉进他挖好的坑里了，等埋葬了我们那可爱的胃，他就高高兴兴地回家了，像个打了胜仗的将军。

第二天他就开始吹得天花乱坠。他会把你喝醉后的醉态描述得活灵活现，有些细节他记得特别清晰，细节描写能起到提高相信度的作用。其结果是全校女老师都知道谁谁喝酒出丑了。他把你的酒后真言添油加醋地一加工，领导马上就会听到，而且火冒三丈地把你收拾掉。因为你酒后说的大多都跟领导有关。你平时胆小如鼠，一喝酒胆大包天，说领导坏话，领导不收拾你，难道他会收拾自己？

他会说我们这些人就喝了猫尿那么点的酒全趴下了，要是碰到他年轻的时候一袋烟的工夫就把我们全撂倒了。

酒桌上没有人搭理他的时候，他就开始寻找自己热身的场地——找那些差不多认识的酒桌子过去，去了也磨磨蹭蹭地不喝酒，只是坐在那里打扰人家，跟人拌嘴，如果不把他拉回来，他就把两个桌子拼在一起喝酒。拼酒桌了我们出去喝酒的理由也会失去。他每次还和人家说着多一个朋友多一条路之类的话，弄得就跟桃园三结义似的。结果总是乐极生悲，被人家撵了回来。回来就开始对骂，我们要是不帮忙，他就往我们身上撒气，挖苦我们不是蒙古人的种，兄弟受了委屈也不帮忙。要是我们跟着起哄，他就会变本加厉地欺负人家，结果为人师表的我们都去了好几次派出所。

我们找非常偏僻的，经常是没有别的酒席的简陋小吃部去喝酒，道尔吉哥没有磨叽的对象了，就把枪口掉转过来，磨叽身边的我们。常常是不欢而散。他还跟着我们当中的一个倒霉蛋，到人家家里喝茶。茶喝过了他还没有过瘾呢，自然你就得陪着他喝酒。你老婆孩子都睡了，他还不走，谈天说地，讨论时政，大骂美日。

多少次受尽折磨之后，有一次我们商量了一个对策整他。在炎热的一天，我们叫道尔吉哥去打篮球，口干舌燥的时候，大家提议去喝冰镇啤酒。兄弟们刚开始一边喝着冰啤酒一边说着篮球场的事。他还摆起来架子，说着“哥的那个三分球最及时……”“哥投进了最后一个球……”之类的话。我们一个劲儿地拼酒、劝酒，他都应付过去了。我们也装出很高兴的样子，把气氛提了起来。他就开始放纵，刹车失灵。当他要开始发挥的时候我们就散伙了，说了谁都不回家，都有别的场面。走得急，溜得快。他根本就没有喝过瘾，而且也没有别的饭局可以去喝，只好回家了。后来听嫂子说他那天晚上不知道发的什么神经，别看酒喝得很清醒，却看啥都不顺眼，还摔坏了家里若干个小东西。道尔吉哥那天晚上还深更半夜起来找酒喝，没有找到酒，所以整晚翻来覆去，唉声叹气地失眠到早上。

就因为常喝酒的缘故，我最近有点睡不好，经常失眠。所以睡不着的时候就写了这些，回忆了一些人和事儿。

当然我也是一个酒鬼，脾气也好不到哪儿去。用我媳妇的话说：看一个人怎样，看看他的朋友就知道了。

还有很多朋友就不写了，比如：飞毛腿老刘、草上飞阿宝、八哥鸟小范、忌酒先锋哈达、理论家布赫老师，等等，都写完了得罪够了，以后谁还叫我去喝酒？所以话多没好处，见好就收。

# 第三辑

# 童年的季节

女儿总是催着我们要在家里养宠物。她妈妈说：住楼房怎么能养宠物呢。所以坚决不同意。看着女儿哭红的眼睛很是心疼，给她买了只小鸟，被她母亲给放飞了。悄悄给买了只兔子，没超过五天家里一股尿臊味，臭气熏天。她母亲趁着姑娘睡觉，送给了捡垃圾的老大爷。媳妇说养鱼有腥味，把鱼缸给扔掉了。实在没办法，我想到把小时候家里养牲畜的故事讲给女儿当摇篮曲。

# 剑角羊

放学回家进屋看见，一只刚生下的绵羊羔站在地中央四肢不稳地摇晃着。歪着圆圆的脑袋轻轻抖动，蹒跚踱步，如同醉汉一般。之前我和妹妹看见稀罕东西非吵闹着对半分不可，这次却意外，两人说定共同疼爱它。

妹妹给羊羔教识字唱歌，我教武术铁头功。刚开始时我低着头朝着白羊羔的头慢慢用力顶，向对方用力爬去。毫无疑问，那时候我是赢者。几个月过后白羊羔头上长出两个犄角，可恶的东西就不愿意对着头慢慢顶撞，而是仗着有犄角，退后几步，带助跑地突然顶撞，顶得我两眼冒金星，额头很是疼痛。没办法，把父亲的棉袄套在头上顶撞，疼得我龇牙咧嘴，头脑迷糊。

过了春夏，白羊羔的两个犄角翘起来，已经不把我和妹妹放在眼里了，欺负跟它一般大的小绵羊，走路也威风了。小家伙有特殊待遇，家里随便进出，总是偷吃抢吃我和妹妹的糖果，简直是无法无天。有时候，客人坐在炕边上耷拉脚一跷一跷的，白羊羔就非常厌恶，突然顶过去，跟墙根贴在一起顶撞。被顶撞的客人惊慌失措，一瘸一拐地回去生闷气。它就像凯旋等着领赏的将军一样，找妹妹过去，亲吻着妹妹的小手想要奖赏。每当白羊羔碰坏一个东西，母亲把教坏白羊羔的罪责都扣在我身上，不时用鞋掌打我屁股。我就把所有的气出在白羊羔身上，做一个缰绳，像马一样骑着满院子跑，一直让它跑到出汗。我手里拿着一把木剑，叫喊着冲锋，追着躲在门口的猪，四处逃窜的鸡鸭，活像一个骑兵。

到后来家里看不到完整的东西了，很像鬼子进村。面袋被它戳得千疮百孔。可恶的东西时常把木桶、铁桶、柳编筐等扣在头上满院跑。无奈的母亲下了死命令，严禁白羊羔随便进出屋。失去特权的它非常恼怒，把所有失宠的怨恨都扣在我和妹妹头上，不管哪里碰到它，它都翘着犄角朝我和妹妹顶过来。如果不能及时逃脱，它会让我腿脚发肿，甚至想要撞破我五脏六腑。最后全家开会商定，全票通过：严禁它在院子里顶来顶去，关在羊圈里“软禁”了。

到了冬天，初雪竟变成了暴风雪，吐出的口水到地面时能够瞬间结冰，真是一个特冷的冬天。一天晚上大哥不在家，母亲便命令我去给羊圈扔草。我把一堆草扔进去了才想到还得解开草捆。懒得打开羊圈门，直接翻墙进入了羊圈。别的羊都冲向草堆，白羊羔却找到我，好像在说：“好长时间没有比赛了吧，让你尝尝我闭关修炼的功夫怎么样?”摇晃着它那个剑一样的犄角，稍微低下头，前两腿要跑地。看这情景，我腿都发软了。赶紧扭头就跑，还是没赶趟，它使劲顶撞过来，把正在往上爬的我和墙壁贴在一起。五脏六腑剧烈地疼痛，我哭哭啼啼进家门，母亲一看就知道怎么回事了。安慰我说：“这可恶的东西，让我儿子有个三长两短可怎么办，早晚非扒了它的皮不可!”

几天后，趁妹妹不在家，父亲就想把剑角羊卖给罗圈腿羊贩子。我们提醒罗圈腿贩子说：“从羊圈拽出来的时候小心点，它会狠狠顶撞你的啊!”罗圈腿贩子毫不理会，被撞在命根子上，倒骑着羊满院地跑，差点晕过去了。人们使出吃奶的劲儿，才把活阎王赶上了车，生怕它跳下来，给它来个五花大绑。虽然是成了冤家，我的眼泪还是不停地流下来了。我如果像妹妹一样温柔多好，怎么就教它顶撞的铁头功，害了它啊，这样想着，自己十分后悔。离我们远去时剑角将军咩咩的叫声至今还时常回响在耳边，好像在委屈地问："我们不就是在玩耍嘛，怎么就忍心把我给卖了？"

# 鞭子猪

鞭子猪这个叫法来源于它的尾巴，它朝上晃动的尾巴很像是它的旗帜。

放猪是农村孩子最先要学会做的头等大事，很多孩子从五六岁就开始放猪了。对我家来说，养大一口肥猪跟养大我们四个小屁孩儿一样费劲。年底杀一头猪，一半用来从生产队保管员那里换口粮，一半用于一年熬菜。一年只有在除夕那天才能吃到手把肉，平时就没有那么好的口福了。那时候猪的地位比我们小屁孩儿都高。我们成天到处乱跑母亲都不问我们去哪儿了，而半天看不见猪，那就是大事了，立刻就派兵点将地寻找猪大人。

说起来小时候我也是个“骑手”，一般可以骑的家畜我都能驯服。除了被倔毛驴摔了一次以后不愿意再骑驴了，其余的从剑角羊到鞭子尾巴猪，能骑的东西都骑过了。我家曾经有过一头粗壮的四岁子牛。每天下午到村东头接牛的时候我就骑上自家牛，好像黄飞虎，感到很神气。鞭子尾巴是我们家的育肥猪，从小就圈起来单独喂养。我每天都给它挠下巴。我很小的时候就知道不管哪个动物都愿意人给它挠脖子。鞭子尾巴也会生虱子——猪虱子比人虱子大多了——成天给洗也生虱子，必须在胯部放敌百虫药才能灭掉那些阶级敌人。还知道，跳蚤更可怕，看不见摸不着的，跳得厉害，被咬一口红肿瘙痒难耐。所以我不怎么接近狗，当然这次也不打算写狗的故事。

初夏的一天，母亲给我洗了头，拿着木梳给我梳头，发现好几个肥大的“猪”在我的头发里安营扎寨。又用篦子给我梳，白白的虮子被梳齿子夹住，看起来好像黄蚂蚁蛋。妈妈生气地说：“这孩子都顾不了自己脑袋瓜，头发变成了猪窝。”说完，“啪”的一声，打我后脑勺，命令道：“赶紧放猪去，晚上回来我给你收拾。”

“骑手”骑着猪就出发了。我家后山坡上几十个孩子在集会。猪倌们都把猪聚集起来，抓住一个胆小的孩子让他放猪，其他人就开始摔跤了。我也是把猪扔给了他，就去凑热闹。正摔着，有两个干起来了。那时候电影《霍元甲》还没有火起来，小家伙们都不会武术，就抓着相互的肩膀摔跤而已。一使劲，小龙的裤腰带子断了。小龙说：“妈的，你等我一会儿，让我把裤腰带接上。”干仗的那个鼻涕虫还真的同意了，站在那里等候。小龙的裤腰带接好了，两个人接着拉扯干仗。最终还是鼻涕虫赢了。内战结束，大家也玩够了，大伙才想起来猪。一看没影了，看猪的熊蛋，正在阳光下呼呼大睡呢。这下完了，猪群肯定是进庄稼地了，大伙都发愁，立即朝着石砬子沟跑去。

弄丢猪群的家伙，突然站住不走了，一看坑里有俩人正在穿衣服，那小家伙说：我也要吃奶。坑里的家伙在骂他：回家吃你妈的去。

好不容易找到猪回家，村西头的巴达玛阿姨，使劲瞪我一眼从旁边擦肩而过。我浑身没电了，立马想到人家已经都去给我们家人告过状了，两腿一下都软了。他们家在石砬子沟那边种角瓜茄子来着，跟我们这些放猪的娃子早有过节。妈妈站在门口等着我呢。虽然猪是安然无恙，并且完璧归赵，但也没能起什么作用。母亲拿着赶羊的鞭子轻轻地说道："又是玩疯了吧，把大人说的话当成耳旁风，赶紧脱裤子。"我正在挨鞭子的时候，鞭子尾巴猪稀里哗啦地吃起泔水来，竖着可恶的那个鞭子尾巴，让我觉得更加可憎可恨。可恶的东西一进院子地位又是比我高了，我心里非常地委屈嫉妒恨。

# 小花猫

我从小喜欢猫。是因为怕冷，晚上睡觉的时候抱着猫睡觉，身子非常暖和。印象中，小的时候冬天特别冷，我想不单是因为吃穿不够，而是四季天气正常的缘故。现在冬天戴帽子的人越来越少了，戴手套的也没几个。小的时候可不行，穿着戴着也不行，把耳朵手脚冻坏了，就痒痒得难受。那时候我们都顾不了头发好看不好看，晚上睡觉都戴着狗皮帽子，醒来的时候脸盆里的水都冻得鼓起来是常有的事。

每晚都跟妹妹抢猫成了习惯。她老是假装哭，让母亲来教训我。我从小不吃肉的，村里的人都说我是僧侣转世。所以我非常讨厌看到肥肉。妹妹就抓住我这弱点，经常说："白白的肥肉，看起来冒油。"听到这个，我就非常生气。我最喜欢的黑猫，脖子下长了一个肉瘤，不断变大。现在的话就拿到宠物医院医治了，那时候一点办法都没有。妹妹就抓住这一点，说："你黑猫的脖子长了肉瘤，说不定哪天就会断头。"听了我就更加生气。到后来妹妹简化说辞，一说"肥肉断头"，我们俩就吵吵起来。妹妹一天到晚好吃的都自己吃，一点都不给猫。可是到晚上怕冷了，就跟我抢猫。对此我跟猫都反对，母亲总站在妹妹那边："把猫给你妹妹。"再后来，猫也找到了应对办法，先到妹妹的被窝里躺一会儿，等她睡熟后又钻到我被窝里。

一天下课回来看不见黑猫。母亲告诉我说我的黑猫死了，我爸拿到家后山坡上埋了。那天晚上我用被子蒙着头哭了，睡着后也梦见黑猫，梦见在外边寻找黑猫叫喊着醒了。

第二年春天，父亲从村东头将军爷爷那儿拿过来拳头大小的一只小花猫。我高兴坏了，我把小花猫看得比自己生命还珍贵。母亲挤牛奶，我就帮着拽住牛犊，求到一点牛奶就给小花猫喝。自己不吃肉，但从两个哥哥那里求得豆大的肉丁就给小花猫吃。在我做作业的时候，小花猫跑来坐在我书包上做伴。到了晚上，大家听蒙古语说书的时候，猫也温和起来，坐在我大腿上打盹。闲时给它尾巴系上妹妹的红头绳，它就原地打转，让大家高兴。有时候它看到我被母亲“奖鞋掌”心情不好，它就跑过来蹭我膝盖，用它细弱的声音叫着“喵喵”，我所有的不快都烟消云散了。

一天吃完午饭大家都躺着要午睡。小花猫站在窗台上往外瞅着，我叫了几次都不理不睬的。我也没管它，很快就打起了盹。可是小花猫的叫声听起来很不正常，不是原来那样温柔的叫声了，好像进入了一种紧急状态，声音又短又急促。起来一看，小花猫的尾巴立了起来变得好粗，好像看见狗要打起来似的。到跟前一看，开着的窗户外边什么都没有。想把猫抱进来，它却在原地打转叫着，不听话。眼睛总盯着一个方向，我朝它看的方向一看，惊讶得差点晕倒了：我们家窗户西边是鸡窝，有条两米多长的花蛇横穿了鸡窝正往家爬过来。父亲急忙跑出去用锄头把蛇钩出来，看着就跟拴牛绳一样粗长。父亲就将那不速之客“请”回后山，家里没有一个人再敢继续睡觉。晚上母亲给小花猫赏了一大碗牛奶说：“阿龙的小花猫立了大功啊！得好好奖励。”

可惜的是立了大功的小花猫与我的缘分没能延续多长时间。一天早晨，大哥收拾被褥的时候看见它已经断气了。整天上山打柴劳累过度的二哥睡梦中把柔弱的它给活活压死了。二哥也很难受，他办了小花猫的葬礼。房后山坡上挖个坑，用干草包着小花猫埋起来，给它立了一个石头碑。兄妹四个人每人写上一句悼词压在那石头碑下。当时写了什么，现在都想不起来了。

有条件的话满足孩子养猫的愿望吧。猫是给孩子们带来欢乐、爱心的天使，那些难忘的记忆终身难忘。

# 倔毛驴

在我七岁那年的夏天，我跟大哥闹着要骑驴。他就想了个办法，把驴拴在院子里的马桩上，把我放在了上面。毛驴站着一动不动，大哥就在驴的背上打了一巴掌。这下完了，脾气暴躁的它猛地一跳，我急忙抱住了旁边的木桩子。驴从我胯下钻出，我像猴子一样，粘在桩子上，成为别人的笑柄。从此我就非常憎恨那头驴。

两年后我能驾驭倔驴了。每天到晚上圈牛的时候，我们都去村东头接回自己家的牛。实际上同龄的我们骑上各自的驴，比赛回村是主要的。我们邻居是个大户，为了方便后山上放猪，在我们两家中间开了两米宽的胡同。从村里赶出倔驴的时候需要拿棍棒驱赶，但回村时一看见村头，那倔驴就像长了翅膀一样飞奔。有一天骑着倔驴从胡同飞驰而下，刚躲过邻居靠墙立着的藤条树，从我们家仓房伸出的檩子头就到了我的额头。说时迟那时快，贴在倔驴背上刚刚躲过，已经到了胡同的南头，倔驴九十度急转弯，把我像扔粮食袋子一样扔在粪堆包上，它跑到灰堆里舒舒服服地打起滚儿来。

人们经常说从马背摔下时伤势轻一点，从驴背摔下时伤势重一点，是有道理的。我被摔得面目全非，腿脚受伤，大夫摁哪里都痛得要命。

每当看见倔驴或者听见驴叫，我都恨得咬牙切齿。

秋天的一个早晨，母亲拉着我们几个去后村，到那里看望姥姥。去姥姥家，玩累是当然的。在回家的路上，我们几个在胶轮车上抢着舒服的位置，横竖躺着睡着了。村西头有条深水沟，我们把它叫做西水沟，是山洪造成的。车要是慢慢进去、慢慢出来就啥事没有。但我家的倔驴，一看到村头就像长了翅膀一样飞奔。母亲使劲拽着缰绳也无济于事。那个速度过西水沟，后果可想而知。“咚咚”颠了两下，姥姥给的面筛子、笸箩筐最先飞走，瓜果蔬菜、荞面撒了一地。妹妹被摔出去在后面滚着，我在沟里最深的地方细沙里头朝下扎了进去，两个哥哥拼命抓住车厢板，像面袋子那样飘在空中。母亲好不容易停住车，已经是到了家门口。然后往回跑到村西头，像捡玉米棒子那样把我们几个捡了回去。

从十三岁那年，我就跟着两个哥哥搂柴火了。我个子矮，一般耙帘子不适合，就用过本命年时做的红布条，拴在哥哥的耙子上，往上坡搂的时候帮着拉。实在累得不行了就用爸爸的羊皮袄裹住自己，钻在自己搂的柴火堆里，暖暖地打个盹。风大了不能睡，掰些树杈扔在柴火堆上，又在上面压些石块。到中午就拿出羊皮袋里狗头大的玉米面饼子，咬着晒干的芥菜疙瘩，就着积雪充饥。我最重要的任务是喂养看护倔驴，防着它拽出桩钉或挣断缰绳往家跑。我使出吃奶的劲，把桩钉钉在地里两尺多深，又找几个大石头压在上面，把倔驴的腿交叉捆上，也没能挡住它。等它肚子稍微空了，看到村里每家烟囱飘出炊烟，它便得到命令一般，拽出桩钉沿着田边跑回去了。搂完最后一耙的我们看到它的时候，它已经走了一半路了。追赶已经没有任何意义，两个哥哥把住车辕往家拉。到了下坡路就让我坐车上，上坡路时我也帮着拉车，到家时肚皮贴着后背，膝盖抖得不行了。二哥脾气大，一到家就抓住倔驴，想打也没有打的力气了，只能坐在地上喘气。怎么收拾都没用，它一出去就忘了，还能有什么办法呢。

有时没让它溜走，也不能说万事大吉了。这牲畜只要一往村子走就飞奔起来，说不准就会把我们几个埋在柴火车下边。下山的路不好，弯弯曲曲，在车后边拴上个粗树干减缓速度也无济于事。有时候正好到了村头，车还是翻了，只好重新装车。两个哥哥在倔驴两边往后拽，使劲刹车也没什么用。一路上翻个两三次也是常有的事。

一个夏天，拉着干柴火在村东过堤坝的时候车又翻了。卸下驴，拴在旁边，让它从侧面拽，好不容易把车立过来。正爬上去整理散落的柴火，从裹着身上睡觉的大衣下面慢慢爬出两条长蛇。幸亏是半道上翻车了，不然会把两个凶神带回家了。

轧面是倔驴又一个重要工作。冬天从碾坊棚顶的空洞里可以看到星星。柳条编织的门抵挡不了凛冽的寒风，挂在墙上的油灯在风里有气无力地摇曳着，烧在墙角的干牛粪的烟刺痛眼睛。早晨淘洗的玉米粒儿冻得硬邦邦，很难轧出面。硕大的碾子“咚咚”滚动。手指冻坏的母亲连抓筛子的力气都没有了，拿着笤帚的我像秘书一样寸步不离地跟着倔驴，把面往里扫。倔驴拉着碾子“咚咚”地“竞走”，脊背冒着汗气。母亲让我在驴背上盖被子，怕出汗着凉了不好。倔驴鼻子流出的鼻涕冻得有好几寸长，乍一看像象牙一般，很是可笑。

后来倔驴老了，都没有力气站起来了，牙齿都掉下好几颗，已经没有一点用处，自然就退役了。据母亲说我们家倔驴比我大哥大三岁。在那艰难困苦的年代，多亏倔驴拉车、拉柴火、轧面，使我们没有受冻挨饿。我们家一直养着它寿终正寝。大哥也常常怀念它说：“到现在也不知道它为什么一看见家的影子就那么地拼命奔跑呢。”我笑不作声。

在他乡工作的我有另一种感触，偶尔打车回老家，看到那个熟悉的村庄，便觉得车走得总是太慢，思念的故乡近在眼前，想飞过去的想法都有过。

姑娘你睡了吗？明天接着讲吧！乖！

# 第四辑

# 科尔沁记忆

# 漫长的夏天

等待大学录取通知书的那个夏天过得特别漫长。一日三秋，总感觉时间过得好慢好慢，每天眼巴巴望着延伸到村外的小路，希望能看到盼望已久的、那个年迈的邮递员伯父的身影。等待的日子里，整天无所事事，无聊难耐。翻开书却怎么也读不下去。大多时候在院子里徘徊，脚下碰到什么就踢什么，有时踢到石头或砖头，痛得我龇牙咧嘴。那时总是在想，哪个大学录取我，这个大学就是世界上最伟大的大学。甚至想到只要能够被大学录取，我就会用十二分的努力去学习，争取每年都得奖学金；毕业以后要成为有钱人，给我的大学盖座楼……

正当我等待的热情已经到了极限，希望即将变成绝望的时候，让我等待了整整一个夏天的大学录取通知书终于翩然而至。那天正好我一个人在家，所以等邮递员走后，我就从里面插上门闩，跑进屋里，紧张而又谨慎地开启了信封。其实通知书上只是写了一些公文式的“被某某大学录取，什么时间到什么地点报到”诸如此类的几句话。通知书所附表格里填了四五位数字，一个个标明了是什么费用。我本来就对数学不敏感，且这几个数字对我来说就像是天文数字，所以没再去看。反而那些简单的文字，让我从左到右，从右到左，从上到下，又从下到上读了十几遍。

吃晚饭时，我故作镇静，轻声地告诉父母，大学录取通知书来了，然后从衣服兜里掏出被我焐热的通知书，交给了父亲。父亲显然很高兴，却一言未发。他的脸因为抑制不住兴奋而微红，顺手拿过母亲的酒盅，斟满一杯一口喝下。母亲放下手中的筷子，用围裙和衣袖不停地擦拭着眼睛，然后又想掩饰什么似的故意说："眼睛里进了沙子。"

在那动荡的时代，因孤苦无依而没能圆自己大学梦的父亲，一直很内向。那晚他看书看到很晚才躺下，却还是不睡，辗转反侧，彻夜未眠。

儿子不过是考上了大学，又不是要去外星球，至于那么高兴吗？不过，也难怪，一个穷山村的农民家里要走出一个大学生，实属不易。在我们这个山村，很久以前出了两名大学生，现在都在大城市里有着很体面的工作，而且一个是大领导。村西头的喇嘛占卜后说："他们俩不是凡人，而是文曲星转世！"我们村里每一个人都特别敬重他们俩，说他们俩是全村的骄傲。

第二天，父亲开始翻箱倒柜地整理粮票和零钱，母亲以影响睡眠为由不再坐在那里喝浓浓的红茶，只是在中午的时候象征性地喝一杯淡淡的茶，其余时间双眼如炬，环顾四周，拿出大海捞针的精神寻找有什么东西能够变卖换钱。

母亲有时沉不住气满院子追赶抓鸡，抓住后摸这儿摸那儿，摸得老母鸡"咯咯咯"乱叫，就差用手指抠出鸡蛋来；有时又像个侦探似的从远处侦察着老母鸡，还无奈地说："真想在每个母鸡的屁股上拴上一个塑料袋，保准不丢蛋。"有一次，我们家的小花猫不小心碰掉了放在柜子上的一个鸡蛋，母亲用鸡毛掸子打得小花猫半个月没敢回家。

父亲也和他从来都不喜欢的瘸子牛贩子套起了近乎，又是请吃饭、又是请喝酒，就差没把我们家的大黑牛夸成会讲人话的神牛了。我平时虽然也特别看不上瘸子牛贩子，看见就想踢上那么一脚，但还是克制住了自己的情绪，一想到毕竟是我们有求于人家要卖牛，并不是人家找我们要牛，我就无话可说了。

我儿时的伙伴，一起成长的大黑牛，在我的眼里是多么的健壮、美丽啊！我有时牵着大黑牛去放牧，到了草地我都舍不得拴住它，让它随意、自由地在草地上吃草。我就站在它身旁，抚摸它的脊背，大黑牛也好像能听懂人话，转过头来舔我的手脚，用头轻轻触碰我的身体。现在，大黑牛正在院子里“哞哞”叫着，好像是在说：“为什么非得要把我卖给别人?”

要拉走大黑牛的那天，父亲让我去舅舅家串门。我走出院子就将两个小纸团塞进了耳朵里。大黑牛平时很惧怕车辆轰鸣，我怕大黑牛悲伤的叫声会让我受不了。我没有别的惩罚自己的办法，只好脱掉鞋子，光着脚在山间石子路上走着。当我爬上村子后面的小山丘时，瘸子牛贩的车子也过了村子前面的小山坡，消失在我的眼前。虽然一直强迫自己不要回头，但最终还是没能够忍住，我站在小山丘上望着村子，心里一直念叨着大黑牛，站了很久很久。

我在舅舅家住了几天后才敢回家。推开门，院子里静悄悄，父母应该下地干活去了。屋子里只有父母结婚时的大木箱子靠墙立着，箱子上的黄铜大锁头特别显眼，好像在对我说：“这个家里，‘四条腿’的就数我一个了！”

那个夏天真的很漫长，漫长得必须用一辈子去遗忘。

# 将军爷爷

在我懂事的时候将军爷爷就是我们屯的兽医。有一次我们家老黄牛吃芥菜疙瘩卡住，胃胀得让我们十分着急，必须请将军爷爷过来帮忙了。他拿细管往牛的咽喉里捅，把芥菜疙瘩捅进去，用一个钢针扎破了牛肚子，然后将细管“扑哧”插进去，整个场院就布满了芥菜疙瘩腐烂的臭味，不能呼吸。全程主角是将军爷爷一个人。他压住老黄牛的两个牛角使劲一掰，那牛扑通倒地。牛是很抗造的动物，放完气，也没有消毒包扎什么的，那牛如释重负，跑掉了。将军爷爷洗完手就回家了。“多少年家里琐事总麻烦你将军爷爷，却没能请他好好吃一顿饭。”妈妈经常遗憾地说。那时候做一顿好饭招待客人属于是大开支了，所谓力不从心就是说的这种情况吧。那时候谁家盖房垛墙，和泥、扔泥等最重的活儿自然就落到将军爷爷头上。将军爷爷一个人能干三四个人的活儿。将军爷爷的铁锹是专门找铁匠定做的，有我的手腕那么粗的铁柄，案板大的锹板。我们相信用它挖一锹泥能够把我们这么大的小屁孩埋掉。

灰暗的油灯下，火盆里的火星一闪一闪的。晚茶时间，全家人围坐着，嗑着瓜子，听爸爸讲述将军爷爷年轻时的故事也是一件幸事。将军爷爷年轻的时候跟着盐商队做买卖，拿兴安岭的桦树杆、汉族人的葱蒜等跟乌珠穆沁牧人换黄油、羊等。有一次路过东乌珠穆沁，盘腿坐在勒勒车旁边，跟一个放羊的高大妇人商谈买卖时，同行的老谢看着妇人丰满的胸部情不自禁，从妇人后面腋下伸进去手抓住了乳房。妇人若无其事地夹住手臂坐着。像被狼夹子夹住了大腿一般，老谢一直蹲着没能抽出手。老谢既害羞又被用力夹住，血管膨胀，脸色通红，实在没办法了，向将军爷爷求助。将军爷爷觉得活该，就装作没看见继续聊着。突然一想，这事不好好处理会让商队的脸面无光，就说："老妹子，我这兄弟虽然是爱打闹，但也不是心眼儿太坏的那种，今天他玩笑开大了，放过他这一回吧。"妇人说："如果给我两根桦树套马杆，我就保你的人爪子无碍。"将军爷爷看妇人有点过激，顺手轻轻拎起一捆桦树杆，举在妇人前面说："抽两根吧。"妇人拽了几次没能拽出一根桦树杆，说："你们就这么欺负妇道人家，等着！"妇人怨气不小，骑上马就去叫人。

还有一次，大队让将军爷爷为首的几个人卖粮食，去了吐列毛都镇。从老远看见有一辆车刚好称完又有一辆车接近那大秤。将军爷爷想赶在前面，频频加鞭，马车小跑着从秤旁边路过时，将军爷爷两条胳膊各夹着一麻袋黄豆，在那秤的旁边跳下，像整理枕头一样，轻轻放在那秤上。一麻袋黄豆按二百斤算，胳膊夹着四百斤跳下来也不是开玩笑的事。看见的人全部傻眼了。没有一个人敢抱怨说抢在他们前面了。当时就卖完粮食早早地回去了。

我怀念将军爷爷，跟爸爸闲聊时，爸说："你将军爷爷一辈子给村民做好事，年轻的时候干重活，身体受伤，很早就去世了。好人命短，是不是说的这个啊。拜金主义风行的今天，像他一样善良、乐意助人的人已经不多见了。"

上个月我回家，嘎查达为了欢迎我到来，想宰一口猪庆贺。嘎查达家的肥猪警惕性很高，看见聚集了很多人，早发现要对它下手了，把小伙子们的套杆弄折了，套绳弄断了，往东跑掉了。小伙子们紧忙拿起钩、挂、套索等，骑摩托车追了过去。我多年没见的围猎场景今天是见到了。“蒙古汉子们”在树林里抓住肥猪时已经过了晚饭的时间。我这人嘴臭，想着不说，但还是忍不住说了：“你们这不是杀猪，赶上杀虎了，如果把你们这壮举拍摄好了，就可叫做《家乡围猎》在电视台播放了。”嘎查达说：“嗨！就说嘛，现在的年轻人就知道吹嘘，实际上都是草包子，要力气没力气，要技能没技能。如果我们将军爷爷在，就会把这猪用一只手抓起来，摔死了。”是啊！现在我们村没有一个像将军爷爷一样身材魁梧的人了，更没有像将军爷爷一样有着蒙古人骨气、精神气、一腔热血的人了。

# 搂柴火的那个春天

狂风呼啸。母亲经常说春天天气冷热异常。吃早餐时，母亲不时给两个哥哥的碗里加一勺勺奶油和砂糖。对妹妹和我两人全然不顾。看到的人会以为我俩肯定是领养的或者妈妈是继母。“黏豆包禁饿，一定要吃饱，我的两个孩子！能供自己家的柴火了，不求别人了是好事。外边风大，天冷，一定要扎紧腰带，不要凉着肚子。渴了就喝暖瓶里的水，不要吃雪。拉柴火回来的路上不要在车上睡着了，那样容易着凉。早点下山，不要太贪心，搂多少就算多少吧，太累了你们受不了。”母亲不停地嘱咐两个哥哥。我很嫉妒，说：“我也去搂柴火。”二哥开玩笑说：“怎么不可以呢，老弟你就拿炕上的挠痒耙挠着背玩吧。”两个哥哥上山了，母亲瞅了半天身影，扭头对我们说：“阿莲你去洗碗收拾屋子，阿龙你去扫院子、扔出冻牛粪，我去碾房轧荞面，晚上给你俩哥哥做荞面饸饹。”我心里很不舒服，不由心生嫉妒，同样的人，俩哥哥搂柴火就那么有功劳，吃好的，还得到夸奖。他们能做的我就不能做吗？带着帽子开始扔冻牛粪，一点一点扔时感觉这牛粪太多，什么时候才能干完呢？筐子里放多了又很费劲，拎不动。扔完牛粪又开始扫院子。扫完院子，我已经成了土人，闭上嘴一站简直是一个青铜雕塑。进屋时妹妹早干完活，拿着几个布娃娃玩过家家呢。我没事做，想去碾房，但又怕帮不上忙，反而碍事，顿时没了兴致。哼！让母亲知道我也不比谁差，让她瞧瞧我也能搂柴火。他们赶车去远处搂柴火，我就走着去东山坡上搂，肯定不会比他们少。不过重要的是，从哪里借个耙子和帘子呢。还是去金晓奶奶家借吧，他们过年前已经搂够柴火了，肯定有。上他们家后，如果直接说我借，他们会以为这小家伙肯定会被耙子压坏，不给借。我只好说："妈妈让我过来借你们的柴火耙子。"金晓奶奶吃惊地说："我看见你两个哥哥一大早就上山了，用多余的耙子干什么？"我急忙说："大哥耙子的齿儿折了几根了，因为不会换，先借一个备着。""哦！原来是这样啊，给！耙子是有，但帘子被牛给踩坏了，修一修也许还能用。""有耙子就行，帘子就从别人家借吧。"说着我就扛着十六齿儿的巨物出去了。进了两家没有借到帘子，都拿山上去了，又进一家帘子是有，但是对不上耙子，帘钩太高，我拽不上。最后没有一点再借的兴致了。都快到中午了，还没有出屯子，还说什么搂柴火呢，便直接走向屯东的鞍子山北坡。刚开始走的时候觉得耙子很轻，但没走一会儿，肩膀被压得厉害。如果把耙齿子朝上拉着走感觉很轻松，但是路上都是石头，对耙齿子不好，所以只能换着肩膀走。

到了地方，选了适合堆柴火的平坦地方，从那个点直线往里搂柴。细齿耙子，非常适合搂细草。用这样的柴火烙馅饼肯定是非常适合。母亲经常抱怨说，烧木柴烙馅饼，油炸的，锅烫的，通常烙成锅贴。我搂的柴火能解决妈妈的这个难处，他们俩搂的柴火肯定让母亲生气。哼哼，我暗地里发笑。柴火堆了一堆，从近处掰了几个树杈，压在上面。觉得没把握，在上面又扔了几块石头。接着搂，柴火堆好像看着我笑。浑身出汗，饥渴交加，每拉一步都念叨"好钢用在刀刃上，好柴火用在烙饼上"来鼓足力气。太阳斜下，肚子跟后背连起来，腿颤得实在走不动了……往家看，烟囱里的烟稀了。母亲可能做完了晚饭，想到回家告诉母亲，她从窗户能够看见我搂的柴火堆，心里像吃了馅饼抹了油一样高兴。想稍微休息一会儿，便找一个灌木丛避风处蹲下，突然感觉风大了。刚想回头看，狂风抬起我的柴火堆盖在我头上。压也压不住，收也收不了，一股脑儿被风吹散了。细草柴火很黏人，狂风叫唤一起玩儿，就跟着狂风走了。压在柴火堆上的树杈、扔的石头，好像看着我嘲笑一样。没有帘子压住的柴火是有翅膀的。突然鼻子一酸泪水流了出来，所有的委屈、懊恼、悔恨都交织在一起。漫画里看见被妖怪打败的猪八戒拉着耙子狼狈地逃走的样子觉得很好笑，我也像他一样回家了。到了金晓奶奶家，没有勇气喊“开门”，像小偷一样溜进去，靠墙立了耙子就跑掉了。

回到家进屋一看，面板上切好的荞面像军队一样一排一排地排着，柴火装帘子放好了看起来就是这样的哦。锅里新鲜猪肉煮开了，与葱花一起滚动着。已经准备好那两个功臣一回来就下面了。在炕上缝被罩的母亲看了我一眼，嗔怪说：“你把妹妹一个人扔在家里出去疯了，玩够了才回来了啊，肚子不饿的话连回家都忘了吧。”我差点哭出声来，咬住嘴唇忍住了。妹妹在炕上拿着布娃娃，正用那挠痒耙给挠背呢，顿感不爽。

多少年过去了，生活中这样的事偶尔也会碰到。不想落在别人后边，所以竭尽全力往前拼搏，做了很多努力，却竹篮子打水一样，空空如也。这时候我经常想到搂柴火的故事而偷笑。用没有帘子的耙子搂着时间和生活，已到四十岁了，被时光无情地摧残，得到的又全都失去，失去的已经无法挽回。

记得搂柴火那年我刚好十一岁。

## 遗失的村庄

天空中繁星闪烁，寒冷冬夜北风瑟瑟，北极星方向有我父亲的村庄，油灯的微光在我脑海里忽明忽暗。家乡的山丘光秃秃的，很像我父亲的额头。坐落在三岔口的那个山村，犹如世外桃源，那里有我的童年和梦想。柳絮如雪，梅花鹿踏青，群鸟如风，大豆地散发泥土香味，千树万树梨花开，杏雨伴奏着大地合唱，牛羊满山坡，青烟缭绕着村庄，如梦如幻，这就是我的故乡，魂牵梦绕的地方。

三丈深的井水赐予了我纯洁的心灵与谦逊的态度；
三十丈高的悬崖给予了我坚定的意志和男儿的恒心。
夏女如同画家；
百鸟如同歌手。

儿时的这个村庄给了我诗歌。

一轮明月给了我思想与辨别真伪的镜子。
漫天的星空给了我驰骋理想的广阔天地。

在这个山村，我儿时美好的记忆与铺了红地毯一样漫山遍野的百合花一起绽开又凋零。

那时我父亲的村庄是肌肉发达的健美男子，也是明媚的眼睛能说话的、像花儿一样美丽的女子。

后来，我去了远方。在首府呼和浩特吸吮智慧的乳汁，在大学校园里吻着丁香花儿的芳香。离儿时的家乡越来越远，可梦中依然清晰可见。

二十年的时光足够改变记忆中的一切，我父亲和他的村庄都老了，雪山一样白发苍苍。

霍林河断流三年干涸。
大豆和高粱五年未熟。

干旱中受灾的村庄苟延残喘，被遗忘的村庄给我的只有悲伤。从我笔尖滴下了泪水，书写的字里行间浸透着热血。

我摘过李子的树，我追过的大雁，都去了哪里？我玩耍过的小溪，绿草如茵的草场怎么不在原地？秃子的脑袋一样开垦到山顶的耕地去年收获了沙尘暴。

父亲村庄的夜幕降临了，黑夜如泣如诉。父亲全身散发出泥土气息，叹息的声音萦绕在耳边。

驼得像犁一样的父亲，背靠着东墙，微闭着双眼，时而咳嗽着，双手卷旱烟的情形犹在眼前。

扬起漫天黄沙的额尔德尼山若即若离，
浊流翻滚的霍林河若隐若现。

五十岁的父亲遗失了生长的村庄。杏雨季、羊肠小径、杜李子和肥美的草场全都无影无踪。

我丢失了智慧与灵感。

笔在抽噎，丢失了墨水。

错失了关爱，退却了责任，失去了灵魂，丧失了信仰……

红尘中丢失了一切的父亲、儿子、村庄忙于寻找着彼此……

## 第五辑

# 恋爱的季节

# 白雪公主

二哥站在镜子前欣赏着他那军绿色的书包。我当时就喜欢上了那个书包，得到它的唯一办法就是我也要尽快地成为一名学生。我使尽浑身解数，表达了要当一名光荣的革命接班人的心愿。父亲看在眼里，一时没有表态。母亲从外面进来一边在火盆边烤手一边说："是不是到了乞丐祈求上苍的那个三日呢？怎么会这么冷呢。"（民间寓言）然后听见爸爸说："把阿龙也带上吧，跟他二哥跟班玩吧。"父亲是嘎查小学的校长，他的话就是我们家最高的指令。所以，我六岁就成了一年级的跟班生。

班主任是个三十多岁的人，鼻子头总是有那么一滴清鼻涕来回晃悠，人称水晶鼻子。班主任进来点名，给我安排座位后就出去了。让我坐最前面，我就急得哭起来了。他就把我塞进班级最后一个角落里。不大会儿，最后面的那张凳子上来了一个白白胖胖的小女孩坐下了，可能也是跟他哥来的吧。我一整天老老实实地坐在座位上，在大哥写完的作业本后面写着蒙古语字母。想擦掉写错的字，把纸都弄烂了。白脸妹就拿过去轻轻擦干净递给我。我想说"谢谢"，却红着脸嘟囔着说："你叫什么名字？"我都没听清自己的声音就卡住了。

“我叫秀莲。”白脸妹毫不在乎地答道。我记得以前曾经去过她们家，她们家有个缝纫机。她妈妈是我们村唯一的裁缝。谁家有喜事都会让她们家做衣服被褥什么的。

那天晚上父亲给我们讲了白雪公主的故事。睡梦中自己成了小矮人，让白雪公主坐在爬犁上奔驰。令人惊奇的是，突然回头一看，爬犁上的白雪公主已经变成了白脸妹秀莲。早晨醒来还清醒地记得晚上的梦。内心异常兴奋，想赶快上班级，把白雪公主的故事讲给秀莲听。到了班级假装若无其事，但眼角却瞄了秀莲好几次。农村少见的雪白的脸蛋，画出来一样的浓眉，会说话的清澈眼睛，红润的嘴唇。一想到白雪公主可能就是这个模样，马上就兴奋异常。

跟秀莲一起念《白雪公主》的时候，我跟她已经是三年级的同学了。第六节是自习课，我拿出新来的《花蕾》杂志，读起连环画《白雪公主》。读到白雪公主躺在水晶盒里有生命危险时，秀莲已经变成泪人儿。我的眼角也模糊起来，看着天棚，强忍着不敢眨眼，但是滚烫的泪水总是顺着鼻子流下来。那几年《花蕾》是我俩的好伙伴，即使争吵了，一打开它，我们俩便立刻和好如初，头对着头，饶有兴致地读起来。

有一天我在纸条上写“你是个漂亮的白雪公主”给她看了。是忘了写“我的”两个字了吗？我拿着纸条的手哆嗦着。

“那你是小矮人吗？”她笑着说。我差点钻进老鼠洞里，生怕有人听见，连忙四处看了看。突然秀莲说：“我是白雪公主，你背着我绕班级跑三圈。”便爬到我背上来了。我抖几下没有能让她下来，这时爱管闲事的同学们便把我俩推出门外。嘈杂声中别的班级的学生都看到了。清鼻涕班主任过来后吼着说道：“你们俩面朝墙壁罚站。”站了两节课我两腿发软已经站不住了。秀莲若无其事，做一副鬼脸很是得意。最后老师无奈地说："那两个淘气鬼回座位坐下吧。"

阳光从窗户照进来，看起来像射线一样。班级里灰尘飘扬，在那射线上体现得清晰可见。下午自习课上，秀莲给爸爸送数学作业回来的时候拿回《花蕾》来了。呼德尔老师把《青史》人物勾画得惟妙惟肖，我们俩被苏仑高娃和阿拉坦沙嘎的故事陶醉了。读完后，秀莲的发辫松了，让我给她扎一下。我欣然接受，正在给她扎头发的时候，感觉我的后背被锋利的眼睛直盯着。我想突然回头一定能够发现是谁盯着我。猛地回头，看见双虎惊慌失措地低下了头。我感觉浑身不自在，不知所措。这时秀莲早已察觉。"快点给扎好啊，怎么看起别人来了，别人看你一下，你就化了吗？快给扎一下。"我哆嗦着手正给扎着，突然后面有一个人把书"啪"地甩在桌上出去了。

第二天清鼻涕老师进来，毫无征兆地调座位，让秀莲和我分开了。

有一天我进班级，大家都静静地盯着我看，贴在黑板上面的几个大胡子老头的画像有一个要掉下来了。往下看，看见"双虎"和"秀莲"两个名字中间有一个等号。因为我是蒙古语文课代表，谁的笔体我都能猜到。那显然是双虎自己的笔体。如果那天是我的值日，我早就跑过去擦掉了。正在这时我的朋友小龙跑过去，在黑板的另一头写上"阿龙等于秀莲"。整个班级喧闹起来，像在选班长一样争吵。正在这时候秀莲进来了，大家吵闹更厉害了。她不知缘由地左右张望，看到黑板上的字后知道是怎么回事，慢慢走过去把两个都擦掉，静静地回到座位上。

四年级下学期了。

我变了很多，成了全学校有名的淘气蛋。自从让我跟秀莲分开坐的那天起，清鼻涕老师说东我就往西了。

晨读结束了。全班同学等着老师进来。已经布好捉弄老师机关的我们迫不及待地等待着令人兴奋的那一刻。"吱——咚！"支在门框上的砖头般大的黑板擦落下来砸到了秀莲的眉角。眉角边有点破了，渗出血来。她一整天都不跟我说话，我看出她是故意让黑板擦砸在自己头上。昨天我从五年级学到捉弄老师的这个方法，正在操练时，秀莲看见了瞪过我一眼。她就是这样通过惩罚自己来表达对我的不满。我很后悔的时候，秀莲给我传过来一张纸条，打开一看是“如果我头破血流你才安心，那你就在门框上放一块石头吧”。从那天起我老实了好一阵子。

五年级了。

在一个暖和的秋天，有一次课外活动时，父亲带我们班级跑了两圈后玩丢手绢。好几个人被抓都唱歌了。轮到秀莲丢手绢，她悄悄地把手绢丢在我后边，我毫无察觉。等察觉的时候已经晚了。大家都喊着让我唱歌。实际上我会唱的歌也很多。也不知道怎么回事，我直接唱了一首民歌《达古拉》。正唱到一半，父亲走进了班级。我们继续玩到下课回家了。吃晚饭时父亲问我：“阿龙你今天为什么唱《达古拉》呢。你们音乐老师教的歌那么多，为什么要唱你妈教给你的民歌呢。”我害羞得不知道说什么好。母亲说：“唱民歌有什么不好，‘四人帮’都打倒了，我儿子喜欢唱什么就唱什么。”

没过多久我和“白雪公主”又坐到了一起，我高兴坏了。从家带来《钢铁是怎样炼成的》在数学课上偷着看。后来被父亲发现，老人家拿着我那考了三十分的数学考卷，狠狠地揍了我一顿。不知道为什么我都没有哭。第一次在“白雪公主”面前像个男人一样直起腰，心里很高兴，想着天天被父亲打，心安理得地接受着她的安慰，这是多么幸福的一件事。这种美好时光没有延续多久，很快到了升学考试时间了。按照农村重男轻女的习俗，她的裁缝母亲收了她的文具和绿色书包，给了她尺子和剪刀。

六年级开学的时候到了。小龙我们几个早早起来往苏木中学走去。

走到村前的小山坡，太阳刚从额尔顿汗山的边角升起来。回头看看村庄，裁缝阿姨门前的树杈上红绿两个颜色的头巾正在随风飘荡。秀莲什么时候爬上树系的呢？“明天早晨我不能送你了，怕在大家面前哭出来，到了前面山坡上回头看一眼，你就会知道我在送你了。”昨晚大家正在她们家聚会的时候，她悄悄地跟我说过。

我擦了擦模糊的双眼，清一清发干的嗓子，用几乎听不见的声音对自己说：“再见了我的童年，再见了我的白雪公主。”

# 香味时间

夜色朦胧，村里一些人家的电灯一个接一个地关掉。月光如水，天边有几朵云彩飘浮不定。我和她在村小学的门柱旁靠墙坐着已经很长时间了。晚饭后我和海军已经沏好茶，摆上了象棋要大干一场。他姐姐过来说："阿龙弟弟啊，都说饭后百步走，活到九十九，咱俩出去走走吧！"我啥也没说穿了鞋就跟着出来了。海军是我下一届高二的学生，我俩初中时候就是一起混的拜把子兄弟。他在高二年段里惹了不少事，都是我给摆平的。

洁白的月光照亮她白皙的脸庞。我没有姐姐，所以到了十六岁还是头一次跟年龄比我稍大的女人坐得这么近，女人身上特有的陌生的那种香味或者香水香皂雪花膏的混合味沁入体内。我就想这个香味是从天上的月亮那里散发出来的，还是从那山间的清风刮来的。

刚开始我俩谁都不说话，我偷偷地看了她几眼。有一次眼光对视了一下，我的脸红了。我抓起一个小石头，朝着前院儿的沙果树扔去，"啪"的一声惊吓了俩人。安静夜晚的声音传得有点夸张。刚才的声音把我俩的距离拉近了不少。

我自小是个有名的淘气鬼，整天跟一大帮野孩子英勇战斗。从小学初中到高中我就像跟班级的女孩子们有仇似的，想方设法折磨她们。冬天泼冷水，夏天赶她们出去暴晒太阳，所以班级女孩子们看到我就像看到了瘟神一样讨厌。小学时候我也喜欢过班级的一个女孩儿，那个女孩子的脸庞特别白，小巧玲珑的那种。我千方百计地不让别的男孩子跟她靠近。我考上初中，她却辍学了。我记得我跟她分手的那天，我的童年也结束了。

跟女孩子坐得太近令我浑身燥热，她呼出的热气我都能感受到，黑黑的眼睛在散发着光芒，长长的睫毛忽闪忽闪的，用眼角瞥到她的嘴唇是那么的薄，红彤彤的，微隆的胸口随着她的呼吸往外撑起衣扣。我的嗓子有点发干，才想起了刚才海军给沏的茶水没喝一口就出来了，真是可惜了。

她开始跟我询问海军的学习情况，我回答得很详细。问完后她说："你们能读书认字学知识多好啊。以后大学毕业了就留在城里安家立业，变成了国家干部。像我这样只念了初中就辍学的半文盲，再过两年就会为几千元的彩礼钱被卖到别人家当奴隶，一辈子离不开厨房，养鸡养猪，下地劳动。为了海军能继续念书，我初中毕业就辍学了。没办法，谁叫我们家穷呢？"我说："海军知道姐姐的好，他不会辜负你的。"她接着说："听说海军经常惹事儿，不好好学习，他经常念叨你，把你当成他的偶像。你们是不是武打片看多了？为什么就不能安心地学习呢？老惹事儿干吗呀？"我又拿起一块小石头，随手扔过去。"啪"的一声，又打着了那棵沙果树。她突然抓住了我的双手用哀求的口吻说："姐姐求你了，你好好劝劝海军，让他努力学习，一定要考上大学，我们全家都指望他呢！你也一定要考上啊，谁家都不容易，都盼着你们出息呢。哦，对不起，我不是在说你误导了我弟弟，你千万别往心里去，你们俩一定要考上大学啊！"

我想说点什么，可是舌头不好使。嗓子就差冒烟了，浑身的血液在沸腾。双手就那么被人家抓着，也不能拿开，直愣愣地盯着人家黑眼珠，全身无力，反应迟钝，头晕耳鸣。打架我是身轻如燕，瞬间就能撂倒两三个没问题。可是现在双手被人抓着，像个小鸡崽儿，一动不动的。双脚有点感觉，不断地伸缩，很像个跟姐姐要糖块儿的小弟弟。我突然气恼，双手用力甩开，抱着膝盖。有一团薄云遮住了月光，我是从地上发现的。月亮出来了，地上发白，那白色变来变去成了旁边那个人的脸庞。

"我们农村人唯一的出路就是好好读书考上大学。你换到我的立场上去想，我要是能读书考上大学就不会是个农村姑娘，我也能在城里工作，我们下一代都能成为城里人。你看这几年老天爷不下雨，种地没有收入，年轻人都去城里打工，因为没有文化，做的都是力气活儿，累死累活地干，却挣最低的工钱，就这么点儿钱大多包工头还不给，吃拿卡要的。我这么多的付出就是为了不让海军变得和我一样没用，你能理解我的心吧？"说着说着，月亮姐姐又抓起了我的双手，这次我倒是很踏实，像个小花猫随着她的意没有挣脱。她发烫的双手是那么的柔软，仿佛抚摸着我的心脏，因为在那里针刺的一样忽然疼了几下。

"海军我俩是有名的混子，但我俩的成绩还是可以的，姐姐你放心，我俩一定不会让你失望。你说的这些我们都能做到，今后你把我也当成你的弟弟，我不会再那样糊涂下去了。"因为是夜晚，她不会看到我的脸在发烫，通红通红的，双手都出汗了，汗流浃背。

附近几家的狗不停地叫唤，晚风阵阵带来农家地里那种草的香味。天堂的星星忽闪忽闪的好像在逗我，月亮隐在云的背后像是跟我捉迷藏。感觉我俩的距离越来越近，脖颈上都能感觉到她呼出的热气。我真的很想扑倒在她的怀里好好哭一场。浑身没劲，晕乎乎的像个木头桩子，全身肌肉高度紧张，一推肯定后脑勺先着地。

她用右手掌抚摸了一下我的脸庞说：“好弟弟一定要记住刚才说过的话，你们要是不争气不出息，我们还靠什么梦想活着？想想我一辈子就这样田间地头、柴米油盐地过着，我也学过中国地理世界地理，也知道这个世界很大，有很多好地方可以去看的，可是能看到吗？我要是个男孩子，我就不会认这个命了！”她长长的叹息声和两行热泪又在我的心脏上深深地扎了几下。

街道那边海军他爸已经出来好几次了，干咳着在院子里转悠，好像在看看牛羊，其实我俩都知道是在找谁。我突然发现我的双手已经轻轻地抱住姐姐的双肩，她的热泪滴在袖口已经湿了一大片。我就这样在一个月光如水的夜晚，轻轻地抱着那个姐姐的双肩，一下子告别了无知的青春期变成热血青年。现在偶尔看到月光，就会想起她白皙的脸庞和黑黑的眼眸。

不用说的，到了学校以后我就变成了另外一个人，再也没有折磨过班级那些女孩子。等到毕业了她们才想起这个问题，互相还在猜谜：那个活阎王怎么一下子就变成了一个活菩萨了呢？

# 我在等你看日出

那年我刚毕业，坐着绿皮火车返回故乡。大学四年过得像做梦一样，梦醒时发现，命运之神并没有特别地眷顾我们，根本就没有发生奇迹，才明白大学只是生命的一个驿站，很多人从哪里来又回到了哪里，我只是其中之一。

绿皮火车是我黄粱美梦的美丽开始和无奈的结束。所以当我站在阿尔山兴安林场绿皮火车旁边拍摄秋景的时候，突然就想起了毕业那年的回归之旅。

列车上学生很多，灰溜溜地回家的我们变得都很沉默，因为新的生活要开始了，找工作，上班，挣钱，成家立业，养家糊口，奔波忙碌，平凡的一生即将翻开第二幕。悔恨的眼泪只能往心里流，无从着落的感觉是那么的无助，就像心口压着一块无形的石头。

过道那边是商校的一帮小妹妹在打闹。她们显得那么的无忧无虑，天真烂漫。从初中考上那个学校，应该都没有超过十七八岁，正是青春期的缘故吧，特别地爱热闹。看着她们充满阳光的笑脸，我冰冷的心也好像渐渐地暖和了许多。过了晚饭时间，她们要从行李架上拿下行李找出加厚的衣服，试了好几次都没能拿下行李，对瘦弱的她们来说，那些皮箱或行李够重的了。我起来给她们拿了下来，又帮着她们放了回去。几个小妹妹嘴巴也很甜，一口一个哥哥叫着，我觉得我这个人还有点用处。

第二天，大家都熟悉了很多。有个女孩儿要去打水，她们叫我跟她们一起打扑克。闲聊中了解到，她们大多是前旗和乌市的，只有一个是阿尔山的。自然我就特别注意了阿尔山的那个叫水灵的姑娘。因为我的口袋里有一封写给阿尔山市某领导的推荐信，是我的恩师、师大的一个老乡副校长写的，那是我的救命稻草，因为那时候要留在乌兰浩特市必须缴纳一笔很大数目的城市建设增容费。所以我就跟我的恩师说，我很想去新开发的边疆美丽小城阿尔山，因为那里人少，各种机会多，发展肯定很快。老师也觉得我的想法很对，他说我，这么多年的学生干部，他培养的学管会副主席，回到家乡也应该有所作为。

打闹在继续。渐渐地，我的情绪也好了起来。一起吃饭，嗑瓜子，喝茶聊天，打扑克罚站。她们那种无忧无虑的气氛影响了我。心想，回家怎么了？那么多毕业生，有几个能留在呼和浩特的？在地方发展得要是快一点，命运也可以有起色的。这样想着，自然就跟水灵聊得多了一点。我告诉她，回家待一段时间后，就会去阿尔山找工作。什么单位都可以，我要从零开始。水灵妹妹说："要是去了阿尔山一定要找我，暑假很长，整天待在家里也是怪闷的，我会给你当导游，有空一起出去溜达散散心。"

那时候我们都没有手机，BP 机也没有。她们家也没有座机。所以我告诉她大概去的时间，那几天我们可以在阿尔山疗养院的门口等对方碰碰运气。她还跟我说起了一个国营旅社的名字。其实我也知道，这些只是口头说着玩的，一面之缘，不可能真的去找人家吧。火车上嘛，说一些客气话是没有必要去当真儿。

回到家，正是农忙季节。地里的农活儿好不容易干完了，家里又没钱，我去阿尔山的路费成了大问题。又等了几天，父亲费了九牛二虎之力，才借到四百元给我。我坐班车到了乌兰浩特在火车站附近住了一宿。第二天上火车到了阿尔山。说我是兴安盟人，这是第一次到乌兰浩特和阿尔山，买火车票的时候必须拿出身份证，到车站派出所办一个边防证。我首先找到已经在阿尔山人劳局上班的一个内大法律系专科生，是我同学的朋友，叫河山。他宿舍有一张多余的床，可以为我省掉住宿的费用。他们食堂也可以对外开放，所以买点饭票比街里的饭馆便宜不少。

第二天就见到了阿市国税局副局长赛音哥。他是我学长的同学。赛音哥替我打听市里那个领导的行踪。等到第六天才见到了一面。领导大人看了我的推荐信后还算客气，说："我党校同学介绍过来的，我一定给你想办法，你回去等几天。"就这么一等，又等了好多天，总是见不到他本人，领导当然是日理万机，天南海北地飞来飞去。每天河山上班了，我就一个人在他宿舍看书消磨时间。有时候想着工作的事，看书的心情就没有了，晚上都睡不好。现在回想起来，就因为有水灵，美丽的阿尔山才没在我心里只留下冰冷的印象。

到阿市的第二周吧，那天中午在赛音哥家里吃的饭。往回走过了桥，正好就路过疗养院的大门。我让河山先走了。自己就在那里瞎溜达。突然有个人拍了一下我的肩膀，回头一看是水灵姑娘。她说："你们师大的人怎么就这么不讲信用？不是说好了在阿尔山见面吗？你来阿尔山有多少天了？"我这才想起，我们还有一个约定，她跟我说过河东山坡上的一个国营旅社的名字，因为那时候阿尔山的旅社没有几个。大多是个人家的简陋房屋。唯独这个旅社是国营的，还像个旅店，而且价格适宜。

水灵说："这几天待着没事，每天早晨都去那个旅社看看，旅社的人都认识我了，一见到我进去，就会抢着说我找的人没有来。"我说："迟到的事情我会慢慢解释给你听，现在见到你了，哥就高兴极了，你带我去河边吧，我很想在哈拉哈河边走走。"

天气闷热，我们买了两瓶冰镇阿尔山矿泉水，就散步走到哈拉哈河畔。我生平第一次看到往北流淌的河水。我开玩笑说："妹妹啊，这哈拉哈河的水清澈见底，就像琼浆玉液一般。阿尔山的水就是好，所以阿尔山的姑娘都像你一样水灵灵的吧？"水灵听了很是高兴，说："要不我俩去看五里泉怎样？那里有不用花钱的冰镇矿泉水呢，你能喝多少就喝多少。"说去就去，不到一个小时就到了五里泉。五里泉的水很凉。在矿泉水的瓶子里灌满，一会儿就会喝完。用泉水洗了脸，心想等有了工作，以崭新的面貌出现在人们的眼前该有多好。

晚上吃饭的时候，河山发现我的心情很好，就纳闷儿，一个劲儿地追问有什么好事？工作的事情有了着落？我笑而不答。

就那天晚上，领导又跟我见了一次面。他说："你学的是内师大蒙语文专业，阿尔山没有蒙古族学校。我想了很多单位都不需要蒙古语文专业的。你要是学的中文或双语系我马上就能安排就业，虽说阿尔山急需人才，但专业不对口怎么办呢？你再等几天吧。"这时候坐在沙发上的一个人（后来了解到是文体广电局局长）说道："你会写美术字吗？会议标语什么的，蒙语汉语都行。"我说了大实话："不会。"就这一句话，把一个很好的机会给失去了。出来后赛音哥说："阿龙啊，你怎么就那么死心眼儿呢？美术字那个东西练几天就会入门，你就说你会不就得了。"说什么也没用了，只能继续等。

一夜无眠，早晨醒来浑身难受，好像没有睡觉一样。喝了一碗粥，无精打采地趴在床上翻书。有人敲门，开门一看是水灵。她看到我颓废的窘况，也没问工作的事情，而是说去林子里采野果。到了西南坡的松树林，从草丛里开始慢慢地找野果。她说："这其实说白了就是野草莓，纯绿色水果呢。"尝一口，微酸带甜，特别地好吃。树林里很凉爽，跑累了在草地上躺下来，看那蓝天白云发呆。松树们变得老高，好像倒下来要压在身上一样。我故作轻松地说："多么美丽的大自然啊，时间要是停顿了多好，像童话故事里一样，今天有白雪公主和一个小矮人躺在树林里，我觉得也很不错。"水灵欢快地笑道："那今天咱俩就不回去了，用这里的松树杈搭一个草棚，就像原始人，过几天野外生存体验吧。"

很多年后，当看到热播韩剧《匹诺曹》的时候，两位主人公在草地上躺着戏耍打闹的那个画面，我自然想到了水灵，韩剧的穿透力都很强，泪流满面那是自然的。

水灵用青草莓编制了一个花环，戴在自己头上问我："哥，你看看，这样是不是很像童话人物？""真的很像，你就是一个童话人物，像你这样活泼可爱的小妹妹就应该活在童话世界里才对。"我那时候真的想到了水灵毕业后也会忙着找工作，当时本科毕业生找工作已经很难，她上的可是初中中专啊，念大专本科函授还要几年，等学完了，由于高校扩招的缘故，正式本科生已是满天星辰了，那时候，她咋办呢。

回来的时候河山看到了水灵，马上就开起玩笑："我以为龙哥进了树林子会出什么意外，还担心呢。结果从林子里领出来一个林妹妹。不会是花仙子吧？"

因为有了水灵的陪伴，我的心情慢慢变得好一点儿。其间在北京留到部队的金永安来到阿尔山度假，因为他姐姐是旅游局局长，我们一起陪伴一些客人转遍了阿尔山的旅游风景区。小面包车很宽敞，大多时候水灵要是家里没事也跟着我们一起游玩。还有几次水灵给她们家采石场送午饭，我也是跟着一起去的。水灵她爸开了一个采石场，雇了几个南方工人，那时候石头不好卖，她们家也并不富裕。回来的路上我开玩笑：我就不找工作了，干脆在你家采石场打石头，要练成一身腱子肉，参加健美比赛。她笑道："我们家采石场不需要秀才，秀才应该有更大的作为，要不然国家白培养你了。"

白天是好打发了，只是到了晚上想起找工作的事，就辗转难眠。给家里打了两次电话，阿爸说："要是没有希望就回来吧，听说中旗的大学生马上要分配工作了，分到乡下就乡下吧，不怕苦不怕累，干好了自然会有调进城里的那天。"我知道这是怕我难受说的，无论如何找不到工作我是不会回家的。

记得有一天，我和水灵到疗养院门口买了几张报纸，还有过期的《读者》和《青年文摘》各一本，就去爬了东山头。水灵经常爬这个山头，显得如履平地。我是师大十项全能运动员，从小也是山村长大的，爬山对我来说是运动员入场前的热身运动。走到半山腰，水灵就撒娇。抓着我的手，让我拉着她走。我问："要不哥背你走？"我刚说完，她一个箭步跳已经趴在我的背上了。小巧玲珑的她不到九十斤。我就那么背着轻而易举地爬到了山顶。山顶有个凉亭，夏天的缘故，清爽的凉风是那么的惬意。报纸铺好了坐在了上面，看了一会儿刊物，聊了一些人物，话题自然而然地跑到师大和商校。她说师范大学的别名是"吃饭大学"，因为呼市十七个高校里，唯独师大食堂的饭菜特别好吃。还说要是早一点认识我的话，一定会去师大找我，狠狠地吃几顿，让我变成无产者。

最后的几天我们形影不离地一起散步。每到哈拉哈河边就会找个地方坐下来，静静地看着哈拉哈河水往北潺潺流淌。河水流淌的声音很像一首音乐，让我联想到理查德·克莱德曼演奏的钢琴曲《命运》。河边还有个小公园。在草坪上我俩背靠背地坐着看书，一看就是大半天。中午铺开两张报纸，榨菜、火腿肠、面包、矿泉水，已经是很丰盛的野餐了。吃起来那么的香。有时候水灵从家里带来糖饼或包子，那就像过节日一样。她用乌拉草编制了一个手镯，给我戴上了。我不会编，怎么编也是不好看，所以约定，以后一定开一个礼品店，那时候她要是能找到我，玉石、玛瑙的手镯随便挑——直到拿不动为止。

事情终于有了结果。领导大人说："你还是回中旗老家吧，跟家里近点有什么不好？这地方说句不好听的话，就是穷山恶水。我已经跟中旗的旗长说好了，你去找他吧，可以留到旗一中教书。"我听完后很轻松地说了一句："那就不麻烦叔叔了，我明天去扎赉特旗看看，谢谢叔叔了。"深深地鞠躬，慢慢地后退，迅速转身，轻轻地关门。我就这样关上了走进阿尔山——一个活力四射的、开放的边防小城的大门。相对而言，扎赉特旗的工作特别顺利。讲课、听课、评课，一次性通过。马上就开出了接收函，到盟教育局盖了一个章，我就变成了扎赉特旗民族高中的蒙语文教师。幸亏有了工作，还有水灵，没有让毕业那年的夏天变成黑色的夏天。

记得，从阿尔山回来的头一天晚上，还去过一次水灵的家。是河山骑摩托送我去的。水灵不在家。我留了一张纸条，邀请她第二天早晨爬东山看日出。

我们爬上东山头的时候太阳还没有升起来。早晨的凉亭有点凉风习习的感觉。水灵把头贴在我的胸膛，五里泉的眼泪湿透了衣裳。我轻轻地抱起了她，我想这样她就有点温暖吧。我俩谁也没有说话，静静地等待日出。红红的太阳慢慢升起，融化了心中凄凉的冰块。再见吧，弯弯流淌的音乐——哈拉哈河！再见吧！徐徐东升的太阳——阿尔山市！我会永远记住美丽善良的水灵姑娘，还有她那清澈见底水灵灵的大眼睛，她是我心中阿尔山的形象代言人，活泼开朗，天真浪漫，颇具公主的气质。

十二年后，我再次去过阿尔山，阿尔山的变化太大了，就像我们本身的变化一样。山间小城变得更加干净美丽，依然保持着那个秀丽清新的形象。已经当上局长的河山领着我来到过水灵家的旧址，房子早就拆了。十二年的时间过去了，很多人和事都有了改变。恩师光荣退休了，我们还一直联系着。后来听说那个领导调到通辽了，我一直对他有着感恩的心，因为他考虑得更加周全。学了蒙语文专业，那就是我的生存技能，人还是要凭本事活的。那个妹妹就不用说了，她就像我心中永不坠落的星星。我总在心中默默地祈祷着：妹子，你还好吧？你一定要活得幸福哦！

经过几年的努力，我开了一家玉石礼品店，店名叫“水灵时间”。三楼是卧室，卧室的大窗正对着日出的方向。我一直保持着一个特殊的习惯，每个月一定要有几天看日出。早晨起来后，拉开窗帘，看一会儿日出东方，红轮般的太阳能够神奇地给人希望和勇气，能够抚平淡淡的惆怅。

# 等着你那一片云

那年夏天高考结束后，老师们去秦皇岛旅游。我们下榻的宾馆离海边很近。到了晚上大多同事都上街去吃海鲜烧烤喝啤酒，我穿了夹克衫独自一人来到海边听海浪翻滚的声音。大海无边无际，黑压压的好像要把人一口吞没，让人胆战心惊。波浪滚滚，凉风习习，灯火辉煌的城市在背后，我却喜欢孤独。坐在海边我想了很多事情，校园的高墙和那么多的禁忌不见了，与大海的宽广比起来，什么事情都显得很渺小。从那天晚上开始我变得大度，碰到事情不急不躁，能够平静地面对一切。大海啊，给了我宽广的胸怀。我站在水里，任海水湿透了裤脚，心想哪天累了困了再也走不动了，一头扎进大海的怀抱兴许是件美好的事情。

人，见过大海就会向往宽广。我向往无边无际的大草原已经很长时间了。实习那年秋天，在正蓝旗上都草原，与我心仪的姐姐坐在一起聊着未来，是那么的幸福。遍地的兰花草借风的劲儿在舞动，拉断兰花叶子含在嘴里嚼嚼是那么的苦，就像即将结束的幸福是那么的短暂。我枕着她的腿躺在草地上看那片片白云满眼泪水，模糊不清。姐姐用手轻轻地抚摸着我的鬓角短发，长长地叹口气说：“时间要是停顿了，我就这样坐在你身旁该多好。可是姐姐也是无奈啊，那个人是我高中同学，当兵回来等我四年了，我要是拒绝了他，他就什么都没有了。你是大学生，毕业了有工作，有同事，找一个好人并不难……”滚烫的泪水滴在我的脸上，我不敢直视那双黑黑的眼睛。

翻出那时候写的日记，有一首那天晚上写的诗映入眼帘。

远处红墙外有个穿红毛衣的女孩儿，扫着飘落的叶子装袋。
飘落的心情无法收回来，收拢的线头在哪里？
平原小径的那头儿连上天涯，夕阳落在山顶往下滑去。
无法留住时间的脚步，我会记住这个伤感的秋天。
远处兰花的叶子看不清了，我俩坐的那个地儿无法辨认。
回头望着你远去的背影，我的心在滴血……

实习的两个月，我和兰姐共同担任一个班的班主任。一起备课，一起批改作业，晚自习一起跟班，还组织了一次全班同学的野游活动。我俩批改的作业还被当成全体实习同学的范文开了一次观摩会。结束的那天晚上，姐姐叫我一起出去吃饭，要了两个菜，一荤一素。主食是饺子，我俩喝了三瓶干红。从来不喝酒的她突然喝了这么多酒，我很是担心。扶着她来到实习生宿舍，门还锁着，同学们出去玩了还没回来。没办法，我俩去了我的宿舍。那时候学校给带队老师安排了单独宿舍，在实验楼的三楼。但是她不喜欢一个人住，也有可能是跟同学们住在一起方便管理，所以我俩换了宿舍。到了宿舍，我烧水给她沏一杯浓浓的红茶醒酒。她不喝茶，坐在那里发呆，泪如泉涌。我假装睡了，是因为怕她伤心难过。她不知什么时候写了一封信，放在我的枕头底下悄悄地出去了。我保持一定的距离，跟在她的后边，等她进了宿舍，我返回宿舍拿出那封信，握着很久才拆看。信里说：“我知道这四年你一直爱着我，就算是铁的心也会化的吧。弟弟你不要恨我，我不是那种冰山一样的人，对你四年的守候我无法回报。你就忘了我吧，等到毕业了，我们都会回老家工作，自然就各奔东西。姐只能心里祝福你。”

第二天一大早，海鸥和她一起来到我的宿舍，她帮我叠被褥。我知道她其实是在找那封信。我没给，她也不问。回到学校，生活还是老样子，但是时间过得很快。

很快就毕业了。坐绿皮火车到通辽，我帮着她拿下行李送到出站口匆匆离别，一别就是二十年。

这二十年过得真快啊，德国合并，苏联解体，不可一世的萨达姆和卡扎菲都告别神坛去了该去的地方。我教了三届高三，后改行搞文艺，头发已经渐白。世界变化太快，唯独不变的是姐弟两个人心的距离。不管分开多久，距离多远，依然在乎着彼此。她的生活波澜起伏，前几年去了日本留学。隔着海峡信号不断。每每有了闲暇时刻急忙登录彼此的博客浏览新作。一个点赞，一个表情包，简短的评论也罢，都在表达着心里的那股温暖。

前一段时间看到她写了一首诗叫《擦肩而过》，有两段我记起来了：

时间的皮鞭无情，
我奔向隔岸，
无尽的孤独缠身，
唯独不见你的明眸，
我一直在逃避或守护，
看着雪山冰峰发呆，
听不到熟悉的风儿，
看不见故乡的云儿，

偶尔回首望去，
草原秋天已经来临，
兰花的芳香如醉……

给孩子讲了几个故事，看着她入睡后，我打开了电脑，看看自己的博客都谁来过，更新了一篇散文，再去看她的更新。那个岛国经常地震，台风刮个不停，人生地不熟的，生活习惯也不一样。我突然发现，她带领着自己的导师和同学来到青海湖畔的消息。下榻在德令哈市一个高级的宾馆，从窗户拍了一些街景放到了博客上了。真是心有灵犀啊，我是那么地期望草原之行，歌中经常出没的青海湖、柴达木盆地，海子诗歌中出没的德令哈市，她是这样记录的："告别与蓝天连接的青海湖，走过宽广无际的大草原，像孩子一样高兴的我踏上了海子诗中描写过的干净小城德令哈市。不到十万人的这座小城，就是因为海子的诗而名扬四海。"是的，一九八八年七月二十五日，诗人海子坐火车路过德令哈市的时候这样写道："姐姐，今夜我在德令哈，夜色笼罩，姐姐，我今夜只有戈壁，草原尽头我两手空空，悲痛时握不住一颗泪滴，姐姐，今夜我在德令哈，这是雨水中一座荒凉的城，除了那些路过的和居住的，德令哈……今夜，这是唯一的，最后的，抒情。这是唯一的，最后的，草原……姐姐，今夜我不关心人类，我只想你。"

我在她的博客上留言，就复制了这首诗。看到这首诗能想到谁呢？兰姐。

姐，此时此刻我只想着躺在草原上，一直看从你那里飘过来的片片白云。

# 第六辑

# 不惑的季节

# 我想像汗山那样生活

通霍铁路那辆烧煤的火车是我认识外面世界的唯一途径。它的声音那么的洪亮，以致进站刹车时的声音都觉得悦耳动听。喷出的黑烟白雾增加了不少童话气息。这列火车通车的那天，爸爸领着我们全村的学生徒步走上八九里路程，专门过去看。那时我才八岁，小学二年级学生。但是那天爸爸说的每句话我都记得清清楚楚。他说："我们祖祖辈辈都住在这偏僻的山村，要想去远方，就必须乘坐这列火车，它会把我们带到很远的地方。你们好好学习，以后念高中、读大学就会坐上火车，奔向那无边无际的外面的世界。"我那时候开始无比地向往坐上那列火车，红色的车轮像一个个朝阳，绿皮车厢是我童话世界的飞船。

那年，我正好坐上了这列火车，奔向远方读书。我是这个山村的第二个大学生，是从山沟里飞出的"金凤凰"。窗外有几只鸟在叽叽喳喳地歌唱。草原深处奔腾的霍林河像吉祥的哈达，故乡的汗山在远处张望，他们是在欢送踏上远方的学子。我要上首府呼和浩特念书了。故乡，我会成为您的骄子，让您因我而张扬。想到这里，我全身的血液在沸腾。为了回来建设家乡，我要在这里起航。

大学的课堂没有想象中的那样神奇。原来高中的老师就很会讲课。

我不能这样白白浪费时间，因为我的目标在那里——故乡。我参加校园各种团体，学摄影，试演讲。板报、手抄报、系报我都编辑过。当了系体育部部长、学校学管会保卫部部长，最后当了副主席。野心不断地膨胀，现实又那么的渺茫。从大三开始又搞起了老本行，整天泡在图书馆，读读写写，发表几篇散文，学习先进的思想，梦想建设伟大的故乡。

回来时候坐的还是那列火车。不同的是心情，灰飞烟灭的现实让希望变成了失望。到家的那天下着阴雨，奔流不息的霍林河默默地流淌，巍峨的汗额尔顿山直刺云端。闪电代替了鸟儿欢唱，其实从来都没有送往，也不存在迎接。因为它们也没有对我承诺过什么，更没有要求过什么。无知的我啊，忘了它们是在这样风吹雨打、雷电交加几万年，也没说过一句话。不存在为谁而感动或悲伤，悲欢离合的是人们，与大自然山河丘陵无关。

工作是那样的乏味，生活是那样的无味。有一段时间我成为酒桌上的霸王，把我们单位最能喝的第一酒仙都干倒了，成为无冕之王。喝酒的豪爽，酒后的豪放，不断地用酒精麻醉神经的彷徨……

有一段时间大家都喜欢在酒桌上唱歌，我也加入了那个行列，鬼哭狼嚎的，像世界末日般地狂欢。麻醉够了，也就明白了。自己没有和别人不同，用不着悲壮，成功或成仁都不是我的选项。

如今，我很想像故乡的汗山那样生活，不炫耀沧桑或巍峨，不用言语，踏实沉重地存在就够。

# 品茶随感

今天是周日，整个党政大楼没有几个人。我是来给上级文联发申请报告的，发完了回家也无事可做，浏览了几个网页，全是娱乐八卦、天方夜谭。打开微博，发一些感慨，也没见年轻人跟帖。代沟如海沟，很难逾越。

泡了一杯热茶，甘甜无比。此时此刻，什么都可以想，什么都可以不去想。翻译了一篇早期的散文，胸口微微发烫，仿佛又回到那满腔热血的九十年代，什么都敢想，什么都敢为。带领二十名学生，奔赴阿尔山开展夏令营活动，好像就在昨天。那些学生早已走上工作岗位，有几个还经常见面。当年无忧无虑的夏令营不知给他们留下多少印象？

年轻不再，心还暖！头发渐白，梦想依旧。安静的时候心绪仍然能够飘远！庆幸年轻时那点轻狂，留下美好记忆数篇。如果再回到从前，还会激情澎湃！走过了，做过了，收获了，比什么都强。

人生亦是一杯茶，宜趁热，趁年轻，一口闷，清爽无边。

我是一个喜欢感动的人。读小说、看韩剧很容易掉眼泪。有时感动很容易变成冲动，经常有一些很幼稚的言行。我们办公室的同事经常说："冲动是魔鬼。"想起来真的很有道理。我看着长大的一些邻居孩子就属于很成熟的那种类型，老成持重，稳如泰山。活得很滋润，始终如一，可是好像从来没有过激情。包括爱情也是很理性的，稳扎稳打，没有过失恋，成功率百分之百，且顺利走进婚姻殿堂。这种人始终没有大起大落，也没有知心朋友，更没有突出成绩。我说年轻人怎能没有激情？鸟儿不歌唱，春天无欢；海水不打浪，眼睛空旷；不经历风雨，人生虚幻；回忆过去，无味贫乏。生活本来就是多彩的，黑白胶卷，已经过时。只有对生活有激情的人，才能活出精彩人生。让我选择宁可选择冲动，错了也是个过程。就像风，带来灰尘，可也带来鸟语花香。他们几乎不喝茶，嫌茶水苦。整天喝着凉白开，把生活也过成了凉白开。

饮茶也是随性。中庸之道者，喜饮绿茶。放两粒枸杞，红绿相间，寒热适中。《红楼梦》里的尼姑妙玉更奢侈，用那精巧器具接住晨露，沏茶的茶具更有讲究，金银玉石，只有牛眼那么大。一泡倒掉，三泡浇花。劳动人民就不同了，只能叫牛饮。三伏热天采石头，浑身淌汗口干舌燥，嘴唇都裂了。在那原先装什锦罐头的“玻璃缸”里，抓一大把凤庆滇红，倒进滚烫的开水，上面飘着炒茶时略带的油沫。喝时像江龙吸水，眉毛上都冒汗。咕嘟咕嘟下去，喉咙一凸一缩。哪怕茶杯里掉进蚂蚁昆虫，吹出去后照样一饮而尽。谁都喜欢文明，问题是得有文明起来的本钱。孩子学费没着落，经常断顿，农活一大把在等着，让他用妙玉的杯子喝茶看看。随着年龄的增长，喝茶的次数反而少了许多。以前睡觉前来几杯浓的，消食解渴，利尿洗肠，睡得更踏实。现在不一样了，除了赶稿熬夜的时候需要，晚上不敢饮茶。失眠的折磨超过了解渴享受的瞬间。人到一定年龄就被自己吃进去的东西欺负。我总结出：年轻时候进饭店的次数和老来时上医院的次数成正比。小时候看过断了茶的姨娘头痛难忍，真用脑袋撞墙，额头上拔火罐，青一块紫一块。艰难的岁月留给人们的是刀割般的疼痛记忆。借同学朋友的光，也吃过茶楼的香茗。一米八多的窈窕淑女，边讲茶道，边沏茶倒茶，还有音乐。那种感觉很像神仙，怪不得世人都拼命地赚钱。人得道成仙后难道不吃饭天天吃香茗？

给老母亲买过几回好茶。老人家表面上很生气，毫不领情的样子，说我是打肿脸充胖子，败家子一个，干吗买那么贵的东西糟蹋钱。骂归骂，家里来贵宾，老妈拿出好茶招待，少不了显摆一通。客人夸老人有福，儿女孝顺，妈的脸上满是红光。如今老人家身体一天不如一天，我真想把全世界的好茶都买回来，让她尝个遍。老妈不怕死亡，交代身后事，依然年轻时候的那个样，理直气壮，得理不饶人，不带商量的口气，轻描淡写得就像说别人一样：烧了得了，一把骨灰撒大海吧。像我这样得过肺病的，就应该烧，我可不能身后影响后代（迷信说法），绝不能土葬，知道没？人没了，立个碑算啥，云云。我的老母亲辛苦了一辈子，刚有了享福的条件，身体却过早地垮了，作为子女的，我们真的很不甘心啊。

小时候，我们一家人在院子里铺上毡子，沏上红茶，围坐在那儿，听爸爸讲故事。母亲总是有做不完的针线活，不言不语地，看我们的目光就像看着太阳。我经常怀念那个夏天的傍晚，一家人在院子里吃饭、喝茶的情景，温暖如月光，幸福像星星。粗茶淡饭亦很香，欢声笑语更向往。现在才明白，家——只能是在有父母的地方。

# 石头杂记

一

我生在山村，长在山村。小时候院子里有一块四方形大石头。夏天傍晚全家人围坐着那块石头把它当成饭桌吃饭，吃完了撤去碗碟再拿来茶具它又变成茶几了。我还在那块石头上写过作业，当然也睡过觉。我家后边是小山坡，我们经常上那儿去捡各种形状的石头，偶尔也能捡到水晶石或汉白玉，拿回家，在石桌上摆放，互相攀比。这是我的羊，那是你的牛，我用三只羊换你一头牛可以吗？相互交换，开市卖牛。石桌无语，但是我想它也很喜欢我们这些小孩子吧！叽叽喳喳叫个不停的，它不会烦我们吧？它是那么的普通，可是在我记忆深处它是那么的亲切、温馨、难忘，因为它是我美好童年的见证。现在我做梦都会想全家人围坐着“石头桌”吃饭喝茶的样子，很温暖，好幸福，曾经的粗茶淡饭让我那样留恋。

二

上初中的时候，暑假跟着舅舅上石场起石头。在石坑里，舅舅先倒出一壶白酒，念叨那么几句，大意为：靠山神爷的保佑，用几块石头，还望神仙大人海涵，赐福与我们，庇佑安全，等等。那片儿石层层叠叠的，让人爱不释手。有时候石缝中出来蛇，舅舅不让我们杀它。他用树枝轻轻地挑起，念叨说：龙王的将军啊，您就挪一下位置，我本是无心打扰，也是生活所迫，实属无奈，请多理解，等等。舅舅以为，什么东西都有它的主人，世上没有无主的东西；石头是山神的，水是河神的，世上大凡有宝的地方，都有蛇在守护；别人的东西不能硬抢，好好求一下，以和为贵。现在想起来倒是觉得深含哲理。人与自然就应该这样相处，而不是掠夺和惩罚。

## 三

高中的时候，有一次我们班要在校园里栽树。首先挖坑吧，都是河卵石，校园原先是霍林河河道。突然，我挖出一块鲶鱼的化石，头部纹理清晰，断裂的部分都能看出鱼骨的形状。地理老师看了以后赞道：这么清晰的化石我也头一次看到，宝贝呀！好好收藏吧。这个宝贝我收藏了好多年，后来我上大学那年搬家，弄丢了，很是可惜。这件事告诉我：不要把得到的东西，永远想成已经是我的东西。哪一天你丢掉了，才发现原来除了你的肉体，很多东西都不是你的。有时候你的肉体你自己还做不了主。比起石头，我们还真是时间的过客，来去匆匆，与世间万物挥手告别时都带不走一粒石子。上大学是在呼和浩特。大三的时候突然发现呼和浩特有了奇石馆，我一有空就往那儿跑。看啊，摸啊，爱不释手，照了很多相，放在日记本里看。毕业了，兴安盟还没有奇石馆。有一年老家北部出产叶腊石了，我听到后很是高兴。后来乌兰浩特满街都是奇石馆了，也成立了黄腊石协会，举办了奇石展，据说马上还要建个玉石一条街。

## 四

追赶着潮流，我自己悄悄准备着，梦想有一天，自己能开个奇石馆。机会来了，在青海哥的支持下，我真的开起了工艺礼品奇石馆。上前旗拉毛石的时候，同去的给古勒其大哥指着一块石头说：你要是能拉走这块石头，肯定是个奇迹，这块石头跟你有缘。我没当回事，那块石头瞅起来很“窝囊”，绝对的不伦不类。可还是真的拉回来了，加工以后一看是个文字石，上面有个天然形成的“石”字儿，清清楚楚的。一块大自然的普通石头啊，居然还知道自己的名字？真的有缘啊！千万块石头当中它一直在等着我？它是我的幸运之神吗？我差一点抱起来亲吻它！这块石头我一直没有标价，别人问起来，我淡淡的一句：那是我的镇店之宝。

## 五

一块石头，从外观上看，大多时候是看不出好坏的。有的石头就像是土坷垃，歪瓜裂枣一个，但磨出来了，线条明显了，就有山有水了，还有透明闪亮的冻子，像美人脸上的酒窝，越看越喜爱。我问它：这线条不就是代钦塔拉漫山遍野的五角枫吗？它对我微笑，不言不语。石头像画，草花石是国画，富贵石是油画；石头像花儿，水晶像菊花，玛瑙像牡丹，还有那阿拉善的沙漠玫瑰在开放；石头像美味佳肴，好好地摆上就成了满汉全席。大自然的神奇不服不行，那个像小鸡仔的石头增值卖了一点七亿。那是上帝的恩宠，是石头的无冕之王！石头像酒，喝好了是喜剧，陶冶情操；喝高了是悲剧，挣得鱼死网破。“和氏璧”安在？争者都已淡去。杜十娘带着猫儿眼跳进河里喂鱼。都说人在把玩石头，其实石头玩了人类几千年。除非你把它砸碎，不然很多人都会成为它的俘虏。有道是：千年翡翠等来者。也有人说：石头生得简单，活得亦不复杂，简单明了是它的信条。人就不一样了，有的知道自己是谁，有的不知道。有的直白，有的会弯弯绕。满嘴真善美，背后假恶丑。有的人像贾平凹笔下的“丑石”，原是天上来的，人们却觉得它一无是处。有的人像树化玉，外头树皮，内里玉质。

还是活得简单一些吧，那样才其乐无穷。每当我拿上一把刷子，给石头上石蜡油的时候，它总是面带微笑；手一过，光彩照人，笑得比阳光还灿烂！

## 原来吃的都是“苦头”

我从小就很瘦。所以高三复习之前经常受人欺负。睡眠和食物营养匮乏，使我个子长得很慢。大学时候条件好了，吃好了就睡，个子突然猛增，长到了一米七三。当了系学生会体育部部长，搞起了十项全能，参加了四年校运会，成绩还不错，一直能得分。但是依然很瘦。女生都喜欢长得有派头的男生，像我这样的穿什么衣服都撑不起来，就像个稻草人似的没人理。后来结识了一个大胖子，俄语系的富二代，详细问他是怎么胖起来的，他说：晚上睡觉之前吃消夜吃胖的。我那时候根本没有睡觉前吃消夜的条件，所以很是羡慕那些白白胖胖的人，老觉得他们分量重。大学毕业后的十几年间我一直保持在一百二十八斤左右。

后来我成了舍务主任。主要是夜间巡逻，负责住宿生事务。晚上检查完宿舍，等待那几个上网吧、打游戏的漏网之鱼回归学校，此时，几个舍务老师就在舍务办公室里喝啤酒。再后来我迷上了夜间写作，习惯成自然，少不了翻箱倒柜地吃一些东西，突然发现身体发福了。别人还开玩笑说：白老师改行了，马上变得很有派头了，将军肚儿也有了，等等。我还暗自高兴了一段时间。唯独我媳妇说：你是属猪的，你的生活习惯，一句话就是猪，十足的吃货。看你两年之内胖的，好多衣服都穿不了了，变成了大肚弥勒佛，真难看……说得多了，也想起了减肥，可是哪有那么容易减去呢。受了不少罪，体重一直在一百六十斤左右。好像是在威胁我，这是第二道杠，要是再不注意，有可能勇往直前。本来我从小是吃素的，一直保持到高中毕业。上大学之后慢慢地开始“腐败”，开始吃鸡肉和瘦猪肉，现在除了人肉什么都敢吃。饭店的垃圾食品没少吃，烹的、炸的、烤的、涮的，卡路里严重超标。

今年“十一”回老家，吃饭消化不良，老是胀肚子。老爸说：回去好好查吧，肯定是胆囊炎。我回来后马上去医院查了，还真是胆囊炎。医生说：你这个病是暴饮暴食引起的，以后不许喝酒，忌食肉类、蛋类、豆类。我当时就想了，要是没有了这些东西，那活着还干啥。但是想归想，那么贵的药总不能都白瞎了吧，所以开始忌酒肉。也开始上网查一些有关治疗胆囊炎的知识，顺便了解到，咱中国人所谓的糖尿病和世界卫生组织的糖尿病根本是两码事。我国的糖尿病百分之九十多是暴饮暴食引起的，没有必要打那么多胰岛素。其实早点控制饮食，改善生活习惯，多按摩下腹部就能解决问题。可是国人们哪管这些。好几千万英雄，前赴后继地，拿出胰岛素针，朝那千疮百孔的肚皮扎一针后，又豪情满怀地进入一线战场，大鱼大肉，活在酒里，不醉不归。

人过了四十，身体毛病突显，啥器官都开始走下坡路。一些人改不了坏习惯，辣的咸的，唯口味第一，结果引起半身不遂或英年早逝的比比皆是。前半生跑饭店最勤的，后半生跑医院加倍地勤。年轻时为了吃而奔波，现在是为了好好消化吃进去的东西而劳累，每顿饭后一把消食片。

一天下午我领着姑娘去买小金鱼，顺便买了鱼食儿。我就问：“鱼食儿一天放多少？”卖鱼的女士说：“越少越好，鱼缸里的鱼呀，大多都是撑死的，饿死的很少。”

# 第七辑

# 阴冷的雨季

# 记忆中的学生专列

临放假了。学生处老师们开始发放火车票。三个人中有一张坐席号。

跟学生处老师关系好的走后门，勉强弄一个坐席号，那就是天大的本事。尤其是有对象的，两个人还要坐学生专列的更加努力，哪怕是两个人弄一张坐席号也是美事。

火车站人山人海。绿皮火车在那里发威。喷着白雾，大声吼着。打工仔一样的穷学生们背包行李也不少，上车了，人们就像钱钟书的小说《围城》里描绘的那样，很像沙丁鱼罐头。满车厢人声鼎沸，争着过道空地儿，抢着临窗座位。车慢慢开动，人们渐渐稳定了下来，男生拿出了扑克牌开打，女生客客气气地站着。有那么几个人，总是不安分，总想着哪里好像有空座，来来去去地穷忙碌找座位。有钱的鸳鸯们赶紧上餐厅，买下了有限的那几个吃饭可以留宿的座位。有个列车员卖着矿泉水，还挺凉的。结果我上厕所时看到那家伙拿一些空的矿泉水瓶，正在装着洗脸水。我很尴尬，人家却理都没理我，装完水理直气壮地走了，上隔壁车厢喊着："来买冰镇矿泉水了！"

车行不过三小时，到了卓资山。上来一些个光头党，头皮在冒油。

手里拿着烧鸡喊："卓资山烧鸡，八块钱八块钱。"有几个还光着膀子，瘦瘦的，很像他手里拿的鸡仔尸体。

第二个过来的是胖阿姨坦克队。推着小车喊道："啤酒白酒矿泉水，饮料瓜子火腿肠！"那么多人，那么多条腿在过道，她们一点也不减速度，犹入无人之境。接下来出场的是卖泡面的，控制着车上的全部开水。也是推着水车，横冲直闯，哪个倒霉的碰上了挂上了，龇牙咧嘴，鬼哭狼嚎。开水的杀伤力，已经超过了坦克队。

接着列车长和乘警鱼贯而入，把着两个门，开始检票。逃票的、无票的、补票的全部撵到前边。该罚的罚了，该补的补了。车厢内恢复了平静。男士们开始张罗晚餐。集体办的伙食差不了，酱牛肉、烧鸡、咸鸭蛋、火腿肠、铜钱桥榨菜、黄瓜、金龙酱、花生米样样俱全。几瓶"呼白"下肚，嗓门变得很大。体育系的男生大多光着上身，露出健康的肌肉，意在吓唬旁边的人，勾引邻座的女生。走过道时像鸡群里的公鸡，雄赳赳气昂昂。蒙文系的男生早就喝高了，满车厢地大合唱《嘎达梅林》。有几个年轻的列车员加入他们的行列，吃着喝着，称兄道弟。

随着夜幕降临，叫喊声渐入低潮。男生大多起来把座位让给了女生。瘦猴张三爬上了行李架，用几个背包做堡垒躺在了后面，不一会儿进入梦乡。纯爷们李四找出了没洗的衣服，抱着头，钻入座位底下，马上鼾声如雷。带小凳子的，靠着那几个男生的旁边，枕着人家大腿，哈喇子湿透了人家裤腿，头慢慢地滑下了，把头放在人家裤裆里睡觉。没座位的两个拿起哈德门烟，到车厢中间地段吞云吐雾消磨时光。厕所的门老是关不了，进进出出的，酒味、汗味、尿酸味，满车厢乌烟瘴气，臭气熏天。后来，鼻子大多失灵，什么味都不管了。我想起了德国盖世太保们押送犹太人到集中营，一个车厢装的就是这么多人。人还行，要是猪啊狗啊什么的肯定会死几个吧。

第二天的太阳慢慢升起，车厢里渐渐有了生息。女生上卫生间回来，拿起矿泉水，刷牙，洗脸，湿湿头发，算是洗漱完毕。车里早就断了水，剩下的旅途，只能靠自己。上车时候带的三十斤水桶，这时候开始发挥威力。昨晚老大去灌得满桶开水，还可以勉强泡起方便面。男生嚼着女生给的口香糖，男女混合，打起了扑克。女生开始放开，笑声不断。老二有那么一点胆大，趁着玉兰打错牌的时候装着生气，拧人家大腿解恨。到了中午，“上山下乡”又开始，张三李四都不见了，女生开始了午觉。

到通辽下的火车。绿皮火车累够呛了吧，喘着粗气，一个劲儿地冒白雾黑烟，就像是欢送学子们，“哇哇”地叫了几声。学生专列，曾经是个真实的历史。那列火车迎来送往几万名学子，那些人大学毕业后，奔赴祖国各地，在各自的岗位上努力工作着。从这个意义上讲，为祖国北疆的飞速发展，学生专列功不可没。

写到这里，故事远远没有结束。正好从乌市来了几个同学一起吃饭，我就谈到了学生专列的事。他们很不以为然，说我是典型的避重就轻。我说为什么？他们说，学生专列是怎么出来的？不就是草原列车装不下了，才临时加的火车不是吗？细想起来好像有道理。接下来同学们举的例子，让我心惊肉跳，心服口服。一个说：我坐草原列车咋也得有个七八次吧，没有一次是从车厢门进的，每次都是爬窗户。还有一个说，在草原列车上有一次内急，上厕所一看，四个大老爷们在那里坐着喝酒呢，那地方选的。等那个同学很不好意思地尿完了出来，他们进去接着喝。最后一个说：学生专列最起码没有流氓抢座位，草原列车上流氓把你的座位抢了，转手高价卖出，乘警都不敢管，你找谁说理去？我听了，浑身起鸡皮疙瘩。

现在条件好了。学生买个软卧或机票都算不了什么。或许他们都不信我说的，心想，这老哥是否太夸张？其实我并不是忆苦思甜的意思，因为那时候觉得苦，亦觉得很幸福。

# 国人的钥匙情结

看着一篇杂文，想到了一个人，我小学同学阿康，特别喜欢带钥匙的那个人。食指般粗的铁链子上挂了三五十个钥匙，就那么带在裤腰带上，整天稀里哗啦的，上体育课都不摘下来。阿康的父亲是供销社主任。那时候的供销社主任可以说比现在的财政局长还牛。做梦都想吃的糖块啊橘子罐头什么的，我们只能有远观的份儿，阿康却能经常吃到。甚至就因为有这个便利条件，阿康还是我们班的人气王。他特别崇拜他的父亲，他父亲的裤腰带上就有着很多钥匙。他父亲用那些钥匙可以随意进出供销社的任何一个单间，也可以进出供销社仓库，或者供销社那两个花瓶一样美丽售货员的北角门。所以阿康也特别喜欢钥匙。他说：“钥匙互相碰撞的声音甚至能超过天津知识青年老师拉的手风琴声。有了钥匙就代表有了一切。”

有一次老师问我们为什么要学习，长大了要干什么，希望是什么等问题。有的说是为了革命，有的说是为了父母，有的说是要当什么科学家，唯独阿康说得很具体，而且理直气壮。他说：“我要当供销社主任，腰上挎着一斤重的钥匙圈。到时候你们想要什么就可以找我。”

那时候我们村里有个大骗子，整天吹牛说可以搞到上海手表和缝纫机、自行车和半导体，结果把人家的钱拿去了，吃喝嫖赌挥霍光了，跑了。现在想起来，就他那点伎俩要是现在，很有可能被人卖了，或者传销大师把他给圈了吧。我记得很清楚，那个人的裤带上也挂着很多钥匙。

等到阿康长大了，供销社已经黄了，他当然也没当上主任。可是有一天上粮库采访，正好碰上了阿康。他成了国营粮库的仓库保管员，腰上带着大大小小的好几串钥匙。据粮库主任讲，我的同学阿康很喜欢现在的这个工作，任劳任怨，特别地负责任。把仓库里的货物整理得井井有条，一尘不染。晚上站岗的活儿都包了，不放心让别人看管。现在这种工人确实很难找了。我当时就想起了那串大大小小的钥匙。从小有个远大的理想就是不一样，只有你想得到，才能做得到，对吧。

我看的那篇杂文上说：在国外，导游们很容易就能辨别出哪些是中国人。男女老少一大帮，大声说话的，见到大型商场就一定进去的，大包小包买东西的，买了好几十万元的高档奢侈品却住在便宜旅馆的，腰上挂着一大串钥匙的一定是中国人。您注意了没有，中国人出国旅游还带着一大串钥匙。那钥匙在国外根本就用不上，也可以放在旅馆的包里，可是他们一定要带在身上才舒坦，因为习惯了。钥匙也有一定的象征意义。比如：别墅楼房钥匙和丰田霸道的钥匙是年轻小伙们身份的象征，有了这两把钥匙，还愁没有姑娘跟他约会？既然说到了钥匙，就不能回避锁头了。钥匙是干什么用的？打开锁头用的。那锁头呢？是为了保护物品或秘密用的。车要锁，门要锁，抽屉也要锁，保险柜、恋爱日记、小金库、密码箱、电脑等都要锁上。最后把心也都锁上了。大江南北，遍地都是开锁公司或师傅。

我一个朋友大哥家的孩子上韩国学习酒店管理专业。有一次上他们家，正好碰上嫂子给孩子打电话，无意中我听到了。

嫂子：进出要锁好门啊。

孩子：这里学生宿舍从来不锁门的。

嫂子：那怎么行？那一定要锁好自己的柜子。

孩子：屋子里就俩人，为什么要锁呢？这里人都不会锁的。

嫂子：他不锁是他的事，你锁了不就行了嘛。

孩子：妈你真的不懂的，来这里才发现，锁头真是多余的。拜拜！

我小时候很少碰到锁头。放粮食的仓库要锁。别的好像没有必要锁上。你家有的他家也有。贵重的物品谁家都没有，老人们的嫁妆首饰都早已换成了电子表。村里谁家门都不上锁，小孩玩累了，饿了，随意走进一家都是叔伯姨舅，打开锅盖抓出玉米饼子就啃，也没见过哪家媳妇叫喊过，撵走过。

前两天，我家防盗门钥匙折了一个，需要去配钥匙。姑娘跟着去的，她说非要给她也配一把钥匙。我想了想答应了，毕竟孩子也十岁了，小学生有很多都带着自家门钥匙呢。回到家，小家伙就满屋子找不用的钥匙，也找到了钥匙链，比画着要带在腰带上。我马上就想到了阿康，就变得很神经质。她这个举动也是有象征意义的。一是表明她长大了，没有父母的时候可以自己开门进屋了。她找出那么多钥匙的意义是她要争取平等：你们大人有几个钥匙，我也可以有那些钥匙。也是社会风气在影响着他们。我有一个楼房钥匙和有二十个楼房钥匙，能一样吗？有二十个楼房钥匙的那还算是人吗？那是神。

姑娘还在玩她的钥匙链。我想方设法从亲戚朋友那里找来了很多钥匙供她玩。过了几天，终于不玩了，感到没意思了。我就趁热打铁地问："你还想玩钥匙吗？我还可以给你找来一些的。"她说："不想了，还是玩洛克王国吧。"我说："那这么多钥匙咋办？""丢了吧。"

这就对了，下一步要给她准备智慧的"钥匙"。

# 第八辑

# 科尔沁山水

# 永恒的博格达山

笔会结束，行程安排是爬神山。

那年秋天我第一次来到神山的时候是个阴雨天。野游的高三师生在狮子岩前下车时，林间小路被两旁的树木簇拥着，晨雾缭绕在雄峦叠峰之间，石老爷峰雄伟的身姿若隐若现。我们穿过茂密的树林，在齐腰深的草丛中走了二十多分钟才走到了山脚下。

抬头一看，山顶巨大的椭圆形岩石直冲云霄，朦朦胧胧，时隐时现。时而从悬崖峭壁或是树木间升腾起的白色气柱，如蒙古包的缕缕炊烟飘向天空，不禁让人联想起传说中的仙人佳境。

我们那次没有往里走，只是为了爬上石老爷峰，就爬得筋疲力尽。我是最后一个下山的，因为担心来时的路不安全，所以选择了从岩石的前方下山，结果走到了岩石最圆的地方，把自己逼到了向前无法行走，向后又无退路的危险惨境。最后只好拿出祖先留给我们的真本事，赤足从一丈多高的岩石上跳了下来。在岩石缝里穿插，在灌木丛中披荆斩棘，终于走到了山脚下。看到自己全身而退，从林子里出来之前，我跪倒在山脚下，虔诚地磕了九个响头。回到师生中间拿起酒杯时，我的手还在不停地颤抖。那时可真是山下是生活，悬崖上是奋斗，脚稍微滑一下就是西天不归路啊！我是为了自己的脸面才没有大呼“救命”的。只是后来，每每回想起这件事，我就会后悔，埋怨自己，更多的是后怕。也让我联想到有关生命、生活、脸面等话题。

参加笔会的人们摆起了长蛇阵，像一条龙那样向着仙人洞出发了。太阳温暖着大地，微风阵阵送来芳草百花香。上山的路很陡，瞬间就看出了爬山的速度，年轻的都在前方，年老的和年幼的落在了后面。看到顺着山谷流淌下来的清泉，我突然想到古代称呼神山为“额可朵岩温都尔”，联想到这泉水就是圣乳在流淌吧。

《阿拉腾兴安》杂志的编辑穿着蒙古袍，手捧马奶酒祭祀神山，又将酒滴洒在了清泉里。祖祖辈辈流传的热爱山水的传统习俗仍在。山是父亲，是永久的依靠；水是母亲，是爱的符号。在十三世纪，成吉思汗也曾在布日汗哈拉顿山的庇护下保住了性命，大青山的险峻又成为了蒙古骑兵战胜敌人的屏障。

清代，博格达山被称为乌力吉朝格图山。扎赉特第十一代扎萨克托贝勒玛什巴图掌权时，在大兴安岭南围出长七十里、宽五十里的山地，圈成全旗祭祀的神山。之后又让王府笔车其（秘书）福隆噶、前德门庙高僧木盖朝尔吉俩人去西藏，请来了达赖喇嘛亲手开光的山神，建庙祭祀。

“最后一次大型的祭祀神山是在一九三一年，祭祀时，第十五代扎赉特王爷巴达玛日布丹带领王府全体人员和十二个努图嘎达以及附近各庙喇嘛共有五百多人唱起了《乌力吉朝格图敖拉颂歌》。”十一岁时亲身经历了神山大祭祀的大学士拉木扎布老师后来对我说。

想起这些，《乌力吉朝格图敖拉颂歌》的歌词很自然地投射在我的心里：

森林密布的博格达敖拉
那是野生动物的幸福摇篮
博格达敖拉汇集的神奇泉眼
那是万物生长的生命源泉

高耸入云的群山间
我们博格达山最美丽……

这首歌是第十一代扎赉特王爷玛什巴图即兴创作的，并在一七八六年定为《乌力吉朝格图敖拉颂歌》。那时神山是禁止狩猎、砍伐、放牧、打草的，到处青翠葱郁。

现在，神山的野生动物已经很稀少了。大概四十多年前狗熊绝迹；三十多年前野鹿数量骤然减少；二十多年前盘羊绝迹；到了现在，黄羊、野猪、狼、狐狸也很少见了。

路旁草地上有很多挖过草药的痕迹。往里稍走片刻，就看到了树荫下搭起的帐篷，外面草地上晒着草药。博格达山真是扎赉特人民的慈母啊！不仅牧草、木柴从这里樵取，草药、杏核、木耳、榛子等更是孩子们的学费和每个家庭柴米油盐的保障。

在大自然的奇迹——仙人洞中乘凉后，我们爬上了山顶。站在山顶眺望，四面的山都比我们脚下的山峰高，遮挡了我们的视线。让我们想看一看海拉尔，望一望蒙古国边境的梦想随风飘散……

下山时我们居然迷了路，我们沿着河道，从顺水流过来的石头阵中蹚了过去。看着有个八九岁大的孩子忽前忽后羚羊般敏捷地跳来跳去，真是好羡慕他如朝阳般的年龄啊。

笔会组织者送给巴彦乌兰苏木政府一面锦旗，锦旗上写着“人民真

正的好代表 生态忠诚的守护者”。苏木达陈才同志对我说：“这几年，随着来博格达山旅游的人不断增多，我们也加强了对博格达山的保护、开发、利用和建设！”

我们和盟里来的朋友在敖包图屯后面的岔道口分手后，久久地凝视着他们远去的背影，直到他们消失在路的尽头。返回音德尔的路上，博格达山热情的身影磁石般吸引着我的身心。

# 莫日格勒河

从海拉尔到陈巴尔虎旗才走了半小时。大舅哥海军先生打电话换了一辆越野车开着，和我父亲三个人去看了歌中唱的，拥有九百九十九道弯的莫日格勒河。

一路上道边都是度假村和饭店。自从人们传唱《莫日格勒河》这首歌以后，莫日格勒河名声大噪、蜚声中外，天南海北的旅游者们海潮般地涌向海拉尔。九百九十九道弯的莫日格勒河每一道弯都坐落着一两家旅游度假村，母亲河用它美丽神奇的倩影富裕着两岸的牧民。水草丰美的牧场，牛马成群的牧人突然还多了一种收入，变成了度假村经营者，让旅游者骑马、射箭、吃手把肉烤全羊，助益良性循环的经济。

越野车跑得快，钻沟爬坡行走平地一般。“我要带你们去莫日格勒河上游最好看的地方，外地人不知道这里，海拉尔很多旅行社的导游也没有条件把客人领到这里。要拍摄出莫日格勒河妖娆妩媚的身影、缓缓流淌的形状、弯弯曲曲的美景必须来到这里才行，居高临下，一目了然哦!”海军哥骄傲地说着。他找了一会儿，拿出一张光盘开始播放，悦耳动听的《莫日格勒河》在车里缓缓流淌——“莫日格勒河／莫日格勒河／千回百转的莫日格勒河／敖包神灵守护我／牧人赞美我的歌／莫日

格勒河 / 莫日格勒河 / 清清澈澈流进我心窝……”

我刚开始参加工作的时候，同事中有个人就特别爱唱这首歌，每次聚餐，我们都起哄让他唱这首百听不厌的歌。当然我们听的是蒙语版的，男中音洪亮的歌喉衬托了歌曲丰富的内涵。伟大的蒙古族，与大自然和谐共处几千年，形成了蒙古族灿烂的文化，热爱山水，敬仰自然的民俗习惯代代相传。

大舅哥继续介绍说：“莫日格勒河北岸全部是我们陈巴尔虎旗草场，南部各苏木的牧民以前冬天都来这里过冬。现在大多都住砖房了，自己的草场也够放牧，所以渐渐来得少了。今年大旱，但是莫日格勒河岸，牧草长势喜人，所以牧民有了救命稻草。择水而居的蒙古族牧民，永远敬仰母亲河，因为他们知道，人的根在土地里，在大地的保佑下生活可以继续延绵不断。巴尔虎草原天堂般的美丽，巴尔虎羊肉人间美食。中午在家里炖的就是纯的巴尔虎羊肉。”

终于到地方了，我们一下车就感到了这里真是美若天堂。绸缎一样的巴尔虎草原一望无际，奔流不息的莫日格勒河很像吉祥的哈达奔向天涯。年迈的父亲像个孩子，跟海军哥问这问那的。河岸上牛马成群，羊群像漂浮不定的白云。我拿出相机，手动对焦，感光度正好，几乎是疯狂地连拍。

有个穿红衣的女孩子骑着摩托飞奔而来，刹住车，细细地打量一会儿我们问道：“你们哪里人？进了人家所有地，没经过同意就开车祸害草场，一顿乱拍啊？”大舅哥跟她打趣儿道：“开私家车过来的，你说能是哪里人？本地蒙古人看看母亲河还得花钱买门票啊？”“这么大的越野车一天能跑几千里，你说本地人我就信啊？”姑娘讲道理也不逊色。“姑娘啊，人有眼睛是干什么的？看东西的吧？你看看车牌照，是不是本地的？”大舅哥也不退让。“哎哟哥，我家车的牌照是北京的，那我就是北京人了？”这姑娘伶牙俐齿的。“那莫日格勒河从你家门前流过，就成了你家的河了？看河水流过草原，我凭什么非得经过你同意，给你钱呢？你给我拿来一个收费许可证。”大舅哥也来劲儿了。“哟，问题是你现在停车停在我家草甸子里，你还想看我家土地使用证不可吗？旅游度假村经营许可证、产权证、食品经营许可证——你还要看什么证？”姑娘说话就像机关枪。

“告诉你一个好消息吧，明年你家门前的这条土道要变成柏油路了，你家坐落在莫日格勒河风景最好最美的地方。到时候你数钱都数不过来，还得雇人呢。”“修路又不是你给我修的，充什么好人？行了，都是蒙古人呢，我就大方一次。出去的时候看点路，不要在草场里乱跑。”说完姑娘走了。

“怎么样？咱本地蒙古族厉害吧，早该这样了，看住自己的土地，保护好草地，作为土地的主人，拿起法律武器保护自己权益，然后才能受益。”大舅哥表情凝重地说。

我下到那边河湾，到马群旁边拍了很多照片。看到草原的灵魂马群，心里格外地激动。看它们奔跑、嘶鸣，仿佛穿越到几百年前的呼伦贝尔草原。

弯弯曲曲的莫日格勒河啊，我从你岸边拾到了珍贵的信心！

# 第九辑

# 文化的季节

# 阿音——永无止境的征程

凌晨三点多，我还是毫无睡意。

电脑前呆坐着，浏览一些摄影网站，突然想起了阿音。

这个时候，阿音是否已经听到初雪飘落大地的声音，是否早已迎着凌晨的寒风，背上行囊，告别美梦，去某一个地方，踏上寻找最美丽的冬天的旅程？

写写阿音的想法，是在五年前第一次见到他的时候萌生的。也曾不止一次，和别人提起过这个想法。只是，想面对面地坐下来，和阿音深入地交谈，细致入微地了解他这个人，而后再把他的传奇历程生动地描写出来，却并非易事。

前不久，再次品读了阿音早期出版的散文集《乌珠穆沁——阿音纪实散文集》后，又一次被他字里行间流露的民族情感所打动，更加了解了阿音深邃的思想和宽阔的胸怀，也理解了他给自己取“阿音”这个笔名的真正含义。“阿音”是征程的意思，比如：两万五千里长征，蒙古族就会说成“两万五千里阿音”。

阿音是翻越“雪山”，穿过“草地”，一步步向我们走来的摄影艺术战线上的旗手、战斗英雄；是经历了万般痛苦的旅程、艰辛创作的征程、终身煎熬的摸爬滚打，一路走来的艺术灵魂的追寻者。他身材不算高大，但他却是永远坚强地走在自己征途的苦行者。千万次，他跨上骏马，从草原、从山林、从蒙古高原踏上征程，向着世界、向着世界的文艺制高点出发，从日出到日落，踏上寻找伟大蒙古游牧文化精髓的旅程。

## 生活——坎坷的旅途

阿音儿时的生活鲜有人知。他在乌珠穆沁草原生活了二十余年，别说是乌珠穆沁草原的人，就是他的故乡图什业图的人也很少了解他的全部生活。

如果你问他："阿音，你为什么从很久很久以前开始，一个人背着照相机，用镜头记录着游牧文化的点点滴滴，用影像诠释着游牧蒙古族残存的文化和传统？"他也许会给你一个意想不到的答案。

一个山沟里出来的农民的儿子，用青春年华与命运抗争岁月静流。

他的征程，从孩子满月宴上欢快的笑声、老人寿宴上慈祥的微笑、婚礼上新郎新娘幸福的笑容、中小学生的一寸照片——黑白世界开始。

最初，阿音背着自己的海鸥相机，用镜头记录着这些的时候，那只是他生活的一种方式——为了生存的必然选择，逃离犁头与地头的一种无奈的命运反抗。

再后来，成为一名业余摄影记者，拍摄新闻图片、苏木乡镇的各种会议、那达慕大会、校园运动会等照片的时候，他也是为了养家糊口。

那时他还不是"阿音"，那时候，他只是一个想与命运抗争、为生活奔波的青年——齐金财。一个骑着破旧的白山牌自行车，有时还要徒步奔走于乡间村屯，饱受人世间冷暖的普通汉子。他所经历的这些，是现在整天沉溺于网络世界，在温暖的办公室里喝着热茶的孩子们无从知晓，也无法理解的事情。

“阿音老师每天凌晨三点多就起床，半夜十一点多才休息，真是不容易啊！”协助阿音在扎赉特旗开展拍摄工作的人们经常怀念道。那可不是几天的事情，而是很久很久以前就这样了。就因为有了这样不懈的努力和坚持，才开启了阿音从一个照相馆师傅到国际摄影大师的美丽蜕变，成为摄影界的巨人行者。

查干路思：听说您当初从图什业图搬到东乌珠穆沁是因为经历了一次不幸的事故，虽然我这个问题勾起了您不愿回首的往事，但您能否说一说当时的情况？

阿音：当然可以，其实说到不幸，那是在当初的那个年代。这么多年过去了，回想起来，那是上帝的恩赐，破釜沉舟地把我推向了山顶。

说来话长啊！一九九三年，我在图什业图北部一个小镇开了一家小小的照相馆。毕竟每个人都需要有一个维持生计的营生。我努力干了几年，生活也慢慢变好了。我倾尽全部家当，重新装修布置了照相馆，也更新了影像设备。可是天有不测风云，因为不小心失火，刚刚翻修一新，倾尽我全部心血和家当的照相馆一瞬间变成了灰烬。突然间我就一无所有。那时候，我也明白了一个道理：开个小小的照相馆，每天期盼着微薄的收入，耗尽我的一生，并非我想要的生活，也并非我想要走下去的道路。从那以后，我就搬到了东乌珠穆沁草原。

在乌珠穆沁草原，我用镜头、用文字把我们蒙古族传统游牧文化记录了下来，民族文化的博大深邃让我震撼。了解感受蒙古族文化的心灵之旅程——就是从那一刻开始的。

查干路思：有人在分时期、分阶段地研究您的摄影作品创作历程，您能否告诉我们，您真正的摄影创作是从哪一年开始的？那一年，对您来说，是否有着特殊的意义？

阿音：容我想想啊，我在乌珠穆沁草原生活了几年，拍摄了二十多万张以蒙古族游牧文化为主题的黑白照片，写了三十多万字的笔记。不过在摄影创作的主题上也进入了瓶颈期，无法突破自己，陷入了特别迷惘的一个阶段。

所以，二〇〇五年，我去了平遥。主要是想报名参加华裔美国人曹百宜大师的"黑白摄影培训班"。结果，我到了平遥后才发现，全国只有我一个人报名。市场经济年代，大家都在为了金钱忙碌，只有我一个人为了摄影艺术参加了这次培训班。就这样，整整一个星期，我独自一个人系统学习观摩了曹百宜老师理论与实践完美结合的黑白摄影课，那几天的经历给我的认知带来了崭新的变化，给我的创作带来了巨大的转变。

那段时间，我跟着曹老师参观了吕楠的《四季——西藏农民的日常生活摄影展》，还有王富春的《东北》、姜健的《主人》等其他摄影展。看完这些展览之后，我脑海里总是浮现"蒙古人"这个主题。那时，我才突然发现，我所珍藏的二十多万张黑白胶卷底片里埋藏着多么巨大的文化珍宝。我霎时感觉到自己激情四射、信心满满。

这次培训班我收获颇丰。回来后，二〇〇六年平遥国际摄影艺术展展出了我的《中国游牧蒙古人》系列作品。二十年面对暗室墙壁、寒窗苦读的一成不变的命运，就在那一刻被改写了。

那一年，我的摄影作品不只是在平遥国际摄影大展获得了优秀奖，我也从平遥找到了走向世界的方向。世界各地摄影展发来的邀请函堆积在桌子上，各地邀请我讲课的请帖和消息络绎不绝。

当我回到家中，我的妻子紧紧地抱着我，在我怀里久久地哭泣，我也泪流满面。那泪水，包含了生活的各种味道，真是五味俱全。

## 事业——艰辛的旅程

我借着协助阿音老师工作的机会，一直在观察着他的日常工作和生活习惯。我们的大师吃饭很快。多年来养成的工作习惯，让他吃饭的时候，总是只顾着自己面前的那两道菜，狼吞虎咽。如果餐桌上有人劝酒，他就会找个理由离开酒席。从来不拼酒，那是他生活的品德。他从来不会豪饮烂醉。如果工作过程中遇到官方的宴请，他会礼貌性地抿一口酒。遇到知心朋友的时候，会多喝那么一点点，但话还是一如既往的不多。大多时候，他都在倾听别人的话，自己就在一旁当听众。有时，喝到自己酒量的极限时，就会说："我换水吧，以水代酒。"这是蒙古人坦率的性格。给人印象深刻的还有他那披肩的长发、一身的野战服，一番历经风雨的样子。

阿音特别讨厌炫耀自己摄影器材的人，更会远离那些整天吹嘘自己获得了什么什么大奖的摄影师，也从来不会卖弄自己独特的摄影技术和技巧。

为了让读者朋友们更好地了解阿音这个人，我在互联网上搜索了一些关于阿音的信息，他得到的荣誉我不一一陈述，只把我认为有影响力的奖项在这里罗列一下：

1999—2003年用蒙古文采写、编辑了26本关于蒙古族游牧文化的图书；

2005年出版《博克2048——阿音纪实摄影集》；

2005年出版《乌珠穆沁——阿音纪实文学集》（蒙古文版）；

2006年出版《阿吉乃800——阿音纪实摄影集》；

2006年获平遥国际摄影大展优秀摄影师大奖；

2007年获《美国国家地理》“所有之路”全球摄影大奖；

2007年被《大众摄影》杂志评为中国十大摄影人物；

2007年《游牧》系列在美国洛杉矶、华盛顿、圣塔菲、旧金山展览；

2007年在美国斯坦福大学、考克隆艺术学院、洛杉矶艺术中心大学做摄影讲座；

2007年获中国第22届全国摄影艺术展金奖；

2008年《游牧》系列在联合国总部展览；

2009年《中国游牧蒙古人》专题在法国巴黎展览；

2009年被评为中国人像摄影十杰；

2009年获德国国际摄影中国徕卡摄影师大奖；

2009年获国际民俗摄影“人类贡献奖”大奖；

2010年出版《中国游牧蒙古人·学校》摄影集；

2010年出版《中国游牧蒙古人·生存地》摄影集；

2011年获奥地利特伦伯摄影展中国组金奖；

2011年《中国游牧蒙古人》专题在德国柏林展览访谈；

2012年获得中国摄影金像奖。

犹如火山爆发，短短十年，阿音著作等身，获得数不清的荣誉和奖杯。

现在是互联网时代，如果您想了解阿音的作品，只要上网搜一下“阿音”，就会看到很多关于他的链接。我只是想给大家介绍他这个人经历过的生活。

“摄影有什么特别的技巧要求吗？”有一次，他在山坡上拍摄杏花的时候我问道。

“呵呵，老弟你也是搞文学创作的人，是否记得阿尔泰老师曾说过：诗歌达到巅峰的时候，就会返璞归真。摄影作为一种艺术形式，道理也是一样的。用镜头拍摄出来的风景，不是因为它的美丽，是因为它的真实而惊艳了世界。你要相信自己，当你十年如一日每天都为同一个主题奋斗的时候，你的思想和对事物的感知一定会得到升华。你要时时刻刻考虑，你想要展现的、想要表达的到底是什么？明确自己想要表现的主题是最最重要的。不过，现在可是有很多人都不知道自己到底想要表达的是什么！”他幽默地说道。

阿音从二十世纪九十年代开始，用自己的海鸥照相机记录着科尔沁草原各苏木乡镇民族学校的基础教育；新世纪又为保护乌珠穆沁草原本土游牧文化而倾心奔波；之后，又把镜头对准了生态保护、草原的变化等；再后来，又从人文角度聚焦农牧区光棍人数趋升的社会根基问题，引起了社会各界的关注。最近几年，他开展了很多挖掘本土文化、研究蒙古各部落文化遗产的活动。

他最近出版的《魅力扎赉特》《扎赉特文化》《扎赉特生态》《科尔沁右翼中旗》《满族屯》《图牧吉嘎查》等摄影集涉及了科尔沁草原婚礼习俗、服饰、民歌、好来宝、长调、神山祭祀、额克伦哈屯祭祀、敖包祭祀、那达慕大会、茅草房、狩猎文化等有深厚研究价值的文化领域，并且将摄影作品用蒙、汉、英三种语言加以注解，直奔世界大舞台。阿音在扎赉特旗工作了整整两年——历经了七百多个日日夜夜的辛劳付出，出版了三本摄影集，经历的严寒酷暑、艰难困苦，怎一个“累”字了得？

为了拍摄图牧吉自然保护区的鸟类照片，阿音干脆和保护区鸟类监控站打更的老头同吃同住。每天凌晨三点，带着干粮，趴在沼泽地里的芦苇荡中“守湖待鸟”，喝凉水啃面包，日落西山才拖着疲惫的身子回来。因为阿音为人正直，说话也不会委婉，开始的时候，当地的摄影家们对他颇有些不满。在一次摄影展中，我们把阿音的二十幅摄影作品作为主题展出后，他们才心服口服。

再后来，阿音以扎赉特为主题的摄影集出版，大家不仅被他为艺术创作的执着精神打动，对他创作的作品更是顶礼膜拜。为了得到他的作品集，都踏破了铁鞋，还有的从一开始的冷眼相对，变成了无所不谈的好朋友。

有一次，我们为了拍摄国营牧场南边盆地的晨雾，半夜就出发了。还好，我们赶在日出前到了盆地西北的山头。我们的大师将自己长的、短的、各类的拍摄装备安装好，调好光线和角度后，派我下山去把牧民家羊圈内的羊撵到草场。我冒着差点被牧羊犬撕掉大腿肉的风险，好不容易把羊群赶了出来，当我跟在羊群后面左摇右摆地走着时，大师却站在山头上，劈头盖脸地向我下达各种命令：“你把羊群赶到溪水边！哎呀！你别一窝蜂地赶啊，要把羊群分散着慢慢赶，要让羊群像撒在草原上的珍珠一样才行。你又不是牧羊人，你在羊群中挺着大肚子瞎晃悠什么呢，赶紧给我走开！”“对！就这样顺着水流慢慢赶羊群，逆着阳光！就那么一点泥泞，就让你举步不前，如果你那么舍不得你的皮鞋，那你还是不要学摄影了吧！”待这一组照片拍摄完成的时候，阳光也逐渐强烈了起来。我们去了国营牧场场部，在职工食堂喝了几碗热腾腾的奶茶后，我的身子才暖和过来。我们的大师好像是对自己的作品很满意，边喝奶茶，边和大家愉快地说笑着。好像是早已把刚刚对我的训斥忘到九霄云外去了。

喝完茶，待他收拾好摄影器材，把摄影作品都保存好后，我开始采访他。

查干路思：从您的摄影事业之路来看，二〇一三年以来您参加世界各地摄影展、参与各种比赛的次数明显减少，反而住在乡下、深入基层的时间明显增多了。这是您摄影创作的全新时代的开始还是您摄影创作的目标、方法或者是主题要有明显的转变？难道是为下一步的摄影展做新的积累？

阿音：说是摄影创作的全新时代、新的阶段，不至于。不过确实是有了新的变化。我得到“金像奖”后，内蒙古自治区党委宣传部、文学艺术界联合会联合给我举办了“阿音摄影作品研讨会”，在会上发表感想时我说过：“这两年，我一直在思考一个问题。著名作家斯·额尔顿曾在自己的散文《故乡的风，诉说了什么》中写道：我现在变成了谁？在做着什么？我也经常扪心自问：我到底是谁，我应该怎么做？慢慢地我才知道，我一个平凡的农民家的儿子，正是因为我有了比那些金银财宝更珍贵的故乡，有了如我的父母般有着血脉相连的民族，有了蒙古族传统文化这个最珍贵的财富，我才能出人头地，才能称为一个成功的人。我从今往后要更加认真地对待我的摄影创作事业，深入群众，从本土、从蒙古高原汲取养分，为我区摄影事业的发展作出应有的贡献。”

正如我在那次大会上所说，二〇一三年我回到了故乡兴安盟，开始了我寻根的心灵之旅。为了描绘科尔沁璀璨的文化和习俗，为了让这美丽的大自然永恒地留在我们的故乡，我一直努力地用我能做到的最好的报答方式——用我的镜头记录这片故土，用我的影像表达我对这片故土的爱恋。

查干路思：您回到兴安盟后的具体计划，着手做了哪些方面的工作？

阿音：初步的计划，我想在兴安盟科右前旗、科右中旗、扎赉特旗出版十二本书。现有《鸟—生态描写—图什业图》《神医王布和》等十本书已经到了读者的手中。我要以旗、乡镇苏木、嘎查村屯分为三个层次，出版一系列作品。

他边说边调节着自己背包的带子。

阿音摄影创作是一个布满荆棘的原始森林探险之旅，当我们为他献上圣洁的哈达和鲜花的时候，决不能忘记他为了那一幅幅照片，被蚊虫叮咬，在泥泞中跋涉，在冰雪中跌倒，在寒风在雨中摸爬滚打的孤寂的身影。

## 草原深处——孤独的行者

阿音是蒙古高原卷起的龙卷风，阿音是连绵的草原上迎风而立的钻天杨。

攀登艺术巅峰的道路离地平线逾高，他就会逾孤独。

他是一个行者，一个永远跋涉在自己孤独朝圣中的苦行僧；一个守护着民族文化最后一道防线的殿后将军。

他的知己在哪里？谁能同他站在一个高度？谁又能去理解他的角度？

望得很远、站得很高、看得很真的永恒的行者——阿音，正在大踏步地向我们走来！

站在山坡上，迎风而立，他的身影永远是那么孤单。

在他思考或创作的时候，没有人会忍心打扰他的宁静；没有人会忍心去碰触他的摄影器材，那是他战场上最尖锐的武器，那是他生活中最忠诚的战友。在阿音自己的创作领域，在阿音自己的心灵深处，有一种无形的气场由内向外扩展，那是纯洁的正能量的流动。他的摄影作品是灵魂的创作，是他用自己的身心、血液与大自然相融、交流的现实写照。

阿音摄影作品的情境非一般人能够进入。拍摄同一个山崖，我们在山底仰望，他却会站在山顶俯瞰。他站立的高度、取景的角度、拍摄时的构图、丰富经验的曝光度都在诉说着他的与众不同，他的作品一直在独领风骚。

阿音诠释事物的方法和方向永远是别具一格的。对于大自然的钟爱尤其突显。

他从历史、文化的特殊角度，记录着游牧文化。

他在以冰与雪为背景的单调世界里，塑造着一个个栩栩如生的蒙古族传奇人物。犹如活佛扎那巴斯尔的刻刀下，绿度母正以蒙古女人的形象复活过来一般。

表现时代的印记以及血红的太阳。

作品让草原千疮百孔的铁丝网、连绵不断的山峦来说话诉苦。

他记录的变异人群里有着——在酒桌上、赌桌上醉生梦死的光棍汉，犹如临死前使劲画一个圆圈而努力的阿 Q 那般。

在金色的阳光下玩丢手绢的孩子们围坐在那里，形成了一个太阳的圆，还有那蒙古包痕迹。

破旧的乡村教室里铁炉子圆圆的炉盘，而墙角直立的炉钩子在那里画出一个巨大的问号。

这一切一切的画面，这一幅幅反映圆的照片，周而复始，日月轮回，这就是二十世纪阿音眼中的蒙古高原。

图牧吉草原黄花盛开的时候，我们去野外拍摄大鸨。我用我的相机将跪在花丛中拍摄大鸨的他拍了下来。

“有这么多让人心旷神怡的美丽的花儿，你不拍，怎么盯着我这个披头散发的老人，你可真是奇怪的人啊！”他调侃道。

“您的心灵并非像您的外表那么冷酷，在我的心里，您如草原上的花朵般让我感到温暖。您的理想是什么呢？要一辈子背着沉重的照相机背包，孤魂野鬼那般终身游荡在野外吗？”

我看他心情很好，忙着继续我的采访。

“我早已经过了每天想着怎么发财、怎么出名的年少轻狂的年纪。现在已经到了思考除了功名利禄以外什么才是真正有意义的事情，思考生活的本质到底是什么这个年龄了。

“我带着蒙古人特有的青色胎记降临到这个世界。我一直在想，正如我们民族的胎记永远无法抹去，永远刻在我们的基因里一样，我们民族还有什么是值得我们永远传承下去的瑰宝。我一直在努力想把我们绿油油的草原、珍珠般撒满草原的五畜、蜿蜒的河流、雄伟的山林和独特的奇峰怪石印在自己的心里，留在自己的相册里，描绘在书本里，留传给后代。

“我现在创作的《扎赉特旗文化》《扎赉特旗生态》这两本书就是我这个理想的重要篇章。你曾经教过学生的一篇课文中，一个流浪者不是提醒过，让我们在草原深处雕刻出一尊骆驼的雕塑吗？像骆驼那么高大、坚强的牲畜都面临着绝迹，更不要提其他比骆驼还渺小，我们肉眼无法看见、双手无法抓住的那些东西，正在慢慢消失，直到消失在历史长河中。”

他忧伤地叹了口气，陷入了沉思。

著名摄影师姜健的《守望草原的民族记忆》一文中写到阿音：

“他是一个具有忧患意识的民族艺术家，通过忧郁的镜头语言向人们诉说着农耕文化和现代工业文明，以排山倒海之势冲进草原，定居定牧日益取代游牧生活，当牧民变成了农民或市民乐享现代生活之时，传统游牧文化已黯然转身渐行渐远。随着草原生态环境的日益恶化，名震中外的蒙古马数量锐减，如果作为草原文化精粹的马文化消逝了，充满生命活力的游牧文化还能走多远。这时，作为一代天骄成吉思汗的子孙，作为民族英雄嘎达梅林的后代，阿音觉得用摄影关注自己民族的命运，他责无旁贷。”

看了姜健对阿音的评价后，我的心里充满了遐想：

寒冷的夜空星光闪烁，一只孤狼穿过了草原，走过了荒野，在雪地上留下自己孤单的足印，跃上悬崖，孤傲地向着夜空，撕心裂肺地嚎叫：“呜——呜——呜呜——”

那哀伤的嚎叫声，寒光四射，山林为之动容，日月星辰为之悲伤……

## 心路——成熟的历程

阿音是一个直爽的人，言谈举止都很豪爽。让人不得不想到真正的艺术家都应该是这样子。他没有国际摄影大师的谱，也没有大艺术家的架子。他虽然在美国斯坦福大学等无数个大学做过学术讲座，但他依然是扎根于蒙古高原本土的普通人一个，忘不了民族根。

他宁可与那些和自己有着共同爱好的摄影家、画家、农民、牧民聊天，谈生活，谈艺术，也不愿意把时间浪费在酒桌和应酬上。

在这个物欲横流的年代，远离那些官员、土豪，就没有人资助他的事业。拍摄，出版，都需要钱，钱都在他们的手里。拿人家赞助的钱去搞创作，怎么可能不看人家的眼色？

阿音却不这么想。

如果他人的想法与他的创作理念、创作主题不一致，他会毅然拒绝合作。尤其是不懂文化不懂艺术却指手画脚的官员，他理都不会理。把他们说过的话、“重要指示”等，如烟灰那样轻轻地弹掉，然后依然是我行我素。

但是如果遇见志同道合的人，他会为了按时完成工作，废寝忘食夜以继日地奔波操劳。

实在累得不行的时候，阿音也会回到喧嚣的城市中自己宁静的小屋，休息一段时间，同时做一些编排、筛选等工作。不过，挨不到一个月，辽阔的草原，草原上的蓝天、白云又让他魂牵梦绕。他会再次背起行囊，告别美丽贤惠的妻子，撇下小市民的生活，毅然决然又回到草原。

回到草原的阿音，就是圣祖成吉思汗心爱的那匹骏马。

摄影大师那日松说："作为一名摄影家，我非常认可阿音作品中的那种强烈的要去留住记忆的使命感。阿音对金钱和摄影的'商业'部分毫无兴趣，而要冒着风险，坚定地成为他所处时代的见证人。阿音用自己对摄影的激情、理解以及全身心的投入，来展示这些已经受到现代文明冲击的游牧生活方式。眼见游牧生活和文化逐渐地被工业机器的噪音所掩盖，他精心编撰了二十六本关于蒙古族文化的书籍，努力记录游牧史上残存的信息，但同时他也是在记录游牧民族人民的希望。"

正如法国摄影大师雷扎所说："正如世界上很多著名作品一样，阿音的作品不仅将在时间里得以延续，而且毫无疑问地，将在未来的日子里，随着人们日渐对这种见证的必要性理解有所加深，而越加受到欣赏与推崇。他的每一张作品，无论是在主题还是在构图上都有着大师的风范，同时，作品的力量也蕴藏于他对视线和角度的选择上，从而将简单的主题转化为深层次的人物形象。这本书给人留下了一个奇异的印象，似乎阿音已经活过成百上千年，正如每一张照片就是一本书一样，每张图片就是一个忙碌、充实的新篇章的开始。"

阿音平时言语不多，思想却很丰富。

阿音是安分守己的、也是自由的艺术家。

但只要他号叫、他呐喊，他绝对是沙漠里的狮子王。

看着乌珠穆沁草原被破坏得千疮百孔，他就如独守草原的狼王一般用自己的一本本相册，用自己的呐喊、号叫，向着整个世界发出一个个惊世宣言！

写到这里，很想知道我们的艺术家现在在哪里，所以我拿起了电话。

“我在呼伦贝尔呢，我刚进镇里你就来电话了，一个小时前，我还在野外呢，我要以《蒙古马》为主题拍摄系列作品。我正在鄂温克自治旗追寻布里亚特蒙古人的历史踪迹，听说布里亚特蒙古人游牧到呼伦贝尔已经有百年历史了，我想以这个传说为主线，出一个类似于《百年孤独》的作品留给后人，我想给这本书取名为《百年布里亚特蒙古人》。”

他接着说：“布里亚特蒙古人一九一八年从乌兰乌德进入到呼伦贝尔草原近百年了，这百年间，布里亚特蒙古人的传统文化有了很大的变化。现在整个鄂温克旗只有八千多布里亚特人，在农牧区生活的人还不到一半，我想以移民到城市后的牧民生活为主题创作一个系列作品。我想告知世人，生存的环境是如何影响一个民族的发展和未来。”

也许是他想表达的主题太沉重了，他的话比以往多了许多。挂了电话，我的心久久不能平静，突然有关阿音的散文诗句，闪电般射入我的脑海：

> 阿音是代钦塔拉草原上被晚秋染红的五角枫。
>
> 阿音是霍林河汹涌的波涛，一泻千里。
>
> 阿音是沆嘎利水库无底的深渊。
>
> 阿音是科尔沁大地上飘浮的那片白云。
>
> 为了梦想而奔波，每每重新踏上征途，心中却充满了阳

光、草原，山川河流都为他吟唱——他是草原游侠儿。

生活的旅途中他是孤独的存在，生命的历程中他是永恒的光芒。

像流星般划过天际，像黑夜般带着冷峻。

骑着马儿，挥着套马杆，追寻心中朝阳。

永远的行者归来，

你听——

阿音踏上征程的脚步声近了，近了！

# 水田老总

蓝天白云底下是一片绿油油的稻田。中间有一条小路，随着车轮的碾压变成两行长线，就好像是衣服的拉链，连接着南北两块水稻地。地里有个戴草帽的人，肩上扛着一把铁锹来回忙活着。我站在车头拍了几张照片，画面感很强，只是高度不够，构图平平。我遗憾地收起相机问魏建明：“你种绿色稻子，归根结底就是为了让人们能吃到好吃可口的大米，对吧？”

“哦不是，我种水稻不仅仅是为了好吃，呵呵，老哥您就是不太了解稻子！”魏建明说话很直，这个浑身是泥的人、活脱脱一个农民的他，就是魏佳米业的老总。

## 最亲的人

我头一次见到魏建明是在春天。我来到水田村搞精准扶贫，入户了解情况的时候路过魏佳米业大门。村支书赵艳红说：“我们水田村有三家稻子加工企业，魏佳米业是其中规模最大的，那个大货车旁边站的大高个儿就是魏佳米业老总。”我顺着赵书记的手指看过去，一个人站在大货车旁跟几个人比画着，说着什么。我只看到了一个侧面，给我印象就是——哦那边有个有钱人，是个雄壮的胖墩儿。

后来接触多了，才觉得他并不太胖，长得“壮实”而已。他出钱给水田村三十三个精准扶贫户，每户买了两只猪崽儿，包括一年所用的饲料和玉米。这就引起我注意了，想到一个村里的民营企业，能做到这点很不容易。开会实际落实这个事情的那天我也在村里，在村支书的办公室里零距离看到了魏建明。穿着胶鞋，宽肩膀、健硕的双臂，浑身是泥，眉毛上也耷拉着一小块泥子。说实在的我平生头一次看到浑身是泥的“企业老总”。简单聊几句，我们一起上了二楼小会议室。三十三户精准扶贫户的代表陆续赶来坐在小会议室里，土生土长的企业老总不断地跟村里三叔四婶儿聊着家常，这个场景好感人。开会了，主持人赵书记开门见山，说魏总想要帮助大伙儿脱贫，但是人家有一些要求，大家好好听听。

屋里烟雾缭绕，廉价烟草的辣味儿熏得我双眼模糊。魏总的讲话也很实在，他说：“冠冕堂皇的话我也不会说，乡里乡亲的也用不着那样。我也不是有几个钱了瞎嘚瑟那种，作为水田人只是一个回报乡里的想法，信与不信就是这样。我们公司打算给每户买两头猪崽，还提供玉米和饲料，但是你们必须保证猪肉的质量，就是偶尔喂饲料以外，野菜、泔水也必须有。年底我们公司回收猪肉，保证略高于市场价，这样你们要是养好了两头猪，年底每家纯收入能够达到五千元。我们的合作是长期的，我也不是一时的心血来潮，我要办一个合作社，我要带领你们共同脱贫。但是，丑话说在前头，哪家要是养猪的时候弄虚作假，粗心大意，把猪养死了，我们也要有个说法，也有可能就把您请出我们的这个大集体。现在我任命几个人跟我一起管理这个群体，共同把养殖做好。我补充一点，家里缺人，条件不好，不想养猪的，想养别的也可以，我听听你的计划再进一步落实，比如想养稻田鸭的我也一样赞成。”这个小伙子还真是个爽快之人啊，我想。接着年轻老总又聊起了品牌战略：“你们别不信，昨天的玉米就是今天的稻子，道理都一样，种稻子一样存在着风险，怎样预防和克服这个风险？就要走高端路线，创出自己的绿色有机品牌，靠自己勤劳的双手种出确实放心食用的稻子，唯有这条路最可行最安全。所以我也告诉你们，劳动力够的尽量加入我们的合作社，放心种订单农业，走高端产业之路，我一个人就能种出一千亩绿色有机稻子，同样你们也能，只要有那个心。”我当时就决定了，这个人很有思想，等插秧完了，等他有空了我得好好采访他，写活他，宣传他。

可是现在问题出来了，要采访他，话题离不开水稻，我是个旱鸭子，山村长大的，真的不了解水稻，这采访怎么进行？

过了一段时间，有一天下午四点，我们俩在他宽敞的办公室里并肩坐在沙发上喝茶，桌上放着我的笔记本和派克钢笔。他刚从杭州西湖边上参加完电子商务培训过来。我下午三点去魏佳米业有机水稻生态园拍摄了人工除草的工作画面。然后我俩不约而同地回到他的米业公司大院儿。

“魏总啊，我问一个事情吧，都说万事开头难，魏佳米业开始运作是怎么个过程？应该有很多感受吧？”

“呵呵，说起来还真有很多故事呢！也不怕您笑话。”话匣子已经打开了，于是他讲起了第一个故事。

“我们那时候想的倒是很简单，我们哥仨做了预算，商量好每人拿出四十万建厂开始加工投产，等到厂子建起来了，做一下汇总，都投入到了四百八十万，这是二〇〇九年啊！”

“等等，这‘仨’指的都有谁了？”我急忙打断。

“和我表哥邓晓恒、我弟弟魏建亮我们仨啊。”他接着说，“那几年连续丰收，手头有点存款，我们就不想安分守己地过平平淡淡的日子了，总想干出一番事业，热血沸腾的。厂子建好了，秋天也到了，我们却没有了收稻子的钱。这么大的厂子东挪西凑地建起来了，没有稻子加工什么？没有大米我们卖什么？不卖东西拿什么还钱？那时候愁得，我们仨都不敢出去见人了，要买个一万元的机器，我们三个人跑了三天没有借到一万元，三个人合起来拿不出一千块钱，请人家吃顿饭都难了。”

我想缓和一下气氛问道：“怎么就起了魏佳米业这个名称？有什么说法吗？”

“那时候咱兴安盟万佳和蒙佳两轮红太阳正在高高升起，我就改了头一个字，要了我自己的姓，听起来也很牛气，所以就这么定了。”他爽朗地笑着。

“那怎么过的‘开头难关’呢？”我趁热打铁。

“我现在很喜欢‘天无绝人之路’这句话。有一天村里几个老头来到我们加工厂溜达，还问为什么不收稻子，不开始加工。我就豁出去了，实话实说，收稻子的钱一分钱也没有了。根本就没有办法让机器动起来。那几个村民说：‘这怎么能行，花这么大价钱建起了厂子容易吗？再不开始加工就没有稻子了，这样吧，先把我们这几家的稻子拉过来加工，等你们卖出去了给我们钱就行。’最亲不过家乡人啊！就这么成了，我们从开始策划，到建厂、加工、卖米，总共才用了七十五天，当年这就是最快速度了，简直就是奇迹呢！后来我们要建生态园，那块地三家竞争招标，外地企业出了四十五万元，最终村民代表不同意给他，说：外地商家要这块地挖沙子弄大坑，几年后人就跑了，孩子后代遭罪。村里企业建生态园，能保持它绿色和无污染，我们宁可少要点钱，也得支持村里的企业。就这样最后要四十万把那块地给了我们。所以今天我给三十三户贫困户买两头猪等想法都是情真意切的，没有虚头巴脑的东西。”

说话的时候他的眼睛一直瞅着我书写的“天书”。我是用汉语问话，蒙古语记录的，我这需要“帮扶的”汉语水准，做一个采访记录很难，因为没带电脑，很多字想不起来也写不出来。

魏总讲了这个故事，很诚实地回答了我的第一个问题：事业开始的时候，您最难忘的事情是什么？

## 最后悔的事

我和建明出来走进米业车间。小山一样垒起来的米堆儿好几个。包装不同，品牌价格各不同。

“白哥，不知你信不信，我们现在能同时加工十种不同的大米。而且能做到颗粒不混。您从袋子外面就能看到近乎完美的加工技术，几乎看不到半点碎米。有些话说了容易得罪人，但也不能不说，加工稻子不难，难就在于能否做到问心无愧，能否过自己良心关。魏佳米业有‘三不’政策，我们从来不跟学校食堂打交道，因为价格摆在那儿，我不会给他们便宜的东西去坑孩子。我也不跟区外的商办联系了，他们一个劲儿鼓动我压价，好让他们挣个盆满钵满。我也不会给养老院、敬老院供货，经过好几个人的手，最后老人吃到的就不是好米了。我做的是货真价实的真东西，我哪有空间降价？说实在的想赚钱太容易了，这些堆积如山的大米都是这几天新加工的，我要是在每袋大米里边掺进去一斤陈米，几天赚个十几万是轻易的，但是我绝对不会那么做，因为魏佳米业有更远大的目标，鼠目寸光的事咱不干。”建明望着天边的山峦，眼光闪烁。

那边几个工人在改装一个机器。机械师拿出一张图纸说，设计稍有改变就能够提高装袋的速度和安全性能，魏总点头赞许，激动不已。出来后他说："这个机械师是兼职的，他在别的地方也挂职，可是通过他处理故障和硬件升级，每年给我们企业节省掉好几万，乃至十几万元。"然后他站在一辆装载稻糠的车辆旁接了一个电话，开始讲开了第二个故事。

"过了三十岁，也不是愣头青了，考虑问题尽量周到一些才行啊。企业开始运转马上就赚大钱了，我们哥仨也就飘飘然了，机器轰鸣，钱从流水线上大米一样啪嗒啪嗒往下掉。我们彻底膨胀了：收稻子贵那么一两毛钱不当回事，因为讲义气嘛！加工管理松懈，人性化管理嘛！我们哥仨都在好力保镇里，音德尔街里买房，还买车，吃喝玩乐倒是小事情。年底一结算，一年赔了二百多万！家里河东狮吼，村里耻笑嘲讽，镇里摇头叹息。一句话，这哥仨是彻底玩儿完了。""真是惨痛的教训啊，现在想起来都心跳加速，后怕呀！""我们三个关起门来开了三天三夜的会，深度检讨剖析自己，找出膨胀原因，作了科学的总结和规划，慢慢地从摔倒的地方爬了起来。"之后他笑着说，"现在不一样了，满脑子想的就是种好自己的水稻。说了您可能不信，我在杭州西湖边上开了三天的会，我都没去看过西湖，一直想着家里的稻子，打电话问这问那的，媳妇都笑话我神经病呢。"

我问的第二个问题有了答案：创业初期您最深刻的教训是什么？

## 最忙的婚礼

我们俩进屋，我让魏总站在他们公司展台前，想用他的各种产品来突出他的"丰功伟绩"。可是总找不到那个感觉，拍出来的魏总文质彬彬的，也是不像他自己。我说："你这个人给我的印象是个农民工，浑身是泥的那个形象已经深深地刻在我的记忆里，咱俩还是到地里拍吧。”

魏建明开车，我坐在副驾驶位子，我们俩要去看他的绿色水稻基地和有机水稻基地。过育苗基地的时候他用手指了指，还有四五个人在那边拔草。我们前一段时间在插秧的时候来这里看过。那时候他说过的两句话我印象深刻。第一句是：“我就是喜欢种地。”听完这个我心里热乎乎的，毫无造作之感。这句话听起来是那么的朴素、随意。可是除了建明，我们这里有钱人谁还想种地？第二句是：“要种出一千亩绿色有机水稻，这可不是有钱就能解决的事情，光有钱不行，还得有人，我们魏佳米业的三十多个职工都拧成了一股绳，一条心。我们有共同的一个目标，就是打造出自己强有力的品牌。”他的三十多个职工里有好几个是夫妇俩一起过来的。还有年龄超过六十岁的三个老人和三个残疾人。他们公司大门对过的小卖部那个男的也是残疾人，一年零卖他们大米轻松挣个两万元。十五个常年合同工一年能拿到四万元工资，还有二十余个临时工，一年从魏佳米业挣去三万多元。不知不觉来到了村南，保安沼监狱北边不远的一大片树林地，通过招标整地，他争取到了这片没有受到污染的无公害绿色土地。挖出全部的树根，平地，打池子用了很多人力、物力、财力，才有了这边的四百亩有机水稻和六百亩绿色水稻。远远望去一片春绿，四周有树林环抱，真像个世外桃源。绿色水稻的水池子里水是干净的、清澈的，因为用了生物杀虫剂，地里没有虫子了。建明说只要多花钱，多投入，用国家准许的无公害生物杀虫剂就能过绿色大米的关。有机米就不一样了，必须人工除草，没有办法彻底除虫。所以池子里的水是浑浊的。

有机水稻地里前几天刚放了价值二万多元的河蟹，所以田埂上爬得满地都是河蟹。魏建明说：“放河蟹是想让人家信咱的牌子，证明确实是无公害的。不过关键还是在人身上，我们公司的三十多名员工有着共同的一个梦想，要打造出自己的绿色品牌。”“稻秧稍微大一点我们就在稻田里放鱼种，然后放鸭子，那就热闹了，什么叫鱼米之乡、人间天堂？这里就是。”他不无自豪地说。有机水稻的虫子怎么办？他用控制稻田里水的高度来保护稻苗，水正好在三叉叶那里，虫子想吃青苗叶够不着，等水稻长结实了，雨水也来了，也不怕虫子了。我让他站在田埂上拍了几张照片。他又说：我一会儿去水闸旁下去截水，那时候哥随便拍，那地方很美。上水闸的道上我问他：“你是老总，完全可以坐在办公室吹空调，怎么就自己在田间地头跑呢？”“哎呀什么老总呀，祖祖辈辈，地地道道的农民，我们哥仨闯出魏佳米业靠的就是这股不怕苦的韧劲儿，没有这点耐心和毅力，也走不到今天这个程度，我就喜欢种地，绿油油的稻田在眼前，什么苦恼事儿都会烟消云散。”

接着他讲了第三个故事。听着听着我差一点儿掉眼泪。

“我是十一月十一日，光棍节那天结的婚。那年我二十一岁，本想自由自在地再晃荡几年，可是母亲病了，她最后的愿望就是看着我结婚，成家。我对象就是我家邻居，从小一起长大的，感情好，她人也好，伺候病重的母亲深得老人家的欢心。当时我在乡下收粮，回到家母亲就提出要让我结婚。我答应了，还没跟女朋友说呢，就跑到她们家把她叫出来了，摊牌了。我说：结婚本来是终身大事，我也想给你一个圆满的婚礼，可是情况特殊，你看行吗？她也是很识大体，也没有提什么要求，就开始筹备了，照婚纱，订饭店，请亲戚朋友，匆匆忙忙就把婚给结了。婚后第三十天我妈走的，走得很安详。她把我们哥仨叫到床前说了那么一句话：‘无论什么时候兄弟就是兄弟，血浓于水，你们仨互相都要敬着，让着，有什么事了打开天窗——说亮话，不要为了几个臭钱，互相弄得伤痕累累。’就这一句话，是我们哥仨心里的‘宪法’。这都八九年了，我们哥仨都没有红过脸，各干各的，遇事一起商量，三个臭皮匠——顶个诸葛亮，也就不怕人算计我们。地已经种好了，我过几天骑自行车去西藏，三个月后才回来。我都不用去担心，他俩也放心让我出去走走，我今年打广告花了二十万，其中我的西藏之行也是一个广告项目。我们哥仨再合作个三十年都没问题，大哥跑销售，小弟负责收粮（订单农户的粮食），我负责种地打品牌，我们仨的合作是超过物质之上的。我们都经历过了，跌倒后爬起来了。我没啥文化，上小学时学过三点能撑起一个面，对吧。就是这个意思。唯独让我悔恨伤心的就是老妈过早地离世，她老人家辛辛苦苦地把我们拉扯大，没有能够享一天福，就离开了我们。”说着说着，建明的眼角湿润了。

他这是回答了我的第三个问题：这些年您最骄傲的事情是什么？

## 最终的追求

走到水闸那边已经夕阳西下，晚霞如画。弯弯曲曲的河流尽收眼底。那就是绰尔河，是我们扎赉特旗的母亲河，全自治区水流量排第二的大河流。绰尔河附近没有什么污染企业，所以用它灌溉的稻子口感一直不错。魏建明脱掉鞋袜，提起裤管下河了，双手摸索着从水里拿起一袋袋沙子堆放在截水小坝上。那健硕的双臂一张一合，粗壮的双腿站立在水里，一使劲儿满面红光。我连拍着他的一举一动，要抓拍一个抬头挺胸的。开始干活了，他就把我给忘了，仿佛我根本就不存在。回来的路上他说：这个水闸水比较深，刚才老爸要过来，我没让他来，老人腿脚开始不灵活了，千万不能让他蹚这深水。他爷爷是在扎旗开始种稻子的那一辈人之一，讲的是勤勤恳恳做事。他爸经营了一个小作坊，起早贪黑地加工稻子，讲的是实实在在做人。等到他这一辈，也是离不开稻子，也要做到堂堂正正，光明磊落，问心无愧。

他接着讲良心，他说：“这也不算故事了，就讲点稻子吧！”我说行啊，那我加两个字就叫“良心稻子”吧！

“种有机水稻就是个良心账。很多人过不了良心这个关，半途而废了。一个池子用农药除草花不了两元钱，用人工除草得花五百元左右。差距这么大，就看你怎么做了。做什么事情困难肯定很多，种稻子来说最难难不过过自己的良心关，心魔难驱。我们哥仨一年辛辛苦苦也就挣个三百万左右。要是纯粹地为了钱，我们睁一眼闭一眼，一年多挣他个几百万也是易如反掌。关键是，那之后呢？钱挣了，自己受到良心的谴责，吃不香睡不好，忘了初心，丢了目标，那活着还有个什么乐趣？去年吧，我的生态园稻子卖完了，重庆的一个老板来电话，要二千箱生态稻子。我说没有了。他说什么叫没有了？你种地一千亩，说没有了就没有了？凑一凑不就够了？我当时就来气了，我说没有就没有，什么叫凑一凑？花了十年打出来的品牌和信誉，你说凑一凑不就把自己凑进去了吗？但是说实在的哥，那个关真的很难过的，简单算一下您就明白了。二千箱是什么概念，我就是给他凑一凑，一晚上就能包装上车，纯差价利润就是白花花的四十万元啊。没有顶天立地的骨气、良心，就是自己抹杀了自己。如今，也有很多人已经瞄上了魏佳这个品牌，偷摸地搞小动作，我们维护信誉通过法律，严惩了几个人才算安稳一阵儿。刚才说你家去年夏天买的大米放几天就生虫子了，那是好事，好米才会生虫子。您不想它生虫子真的很容易，把大米用塑料布盖起来，里边点一种化学药品，用烟熏一晚上，那个稻子放一百年也不会生虫子，花几块钱就可以。可是不安全啊，那是毒药啊。我种稻子最终的目的不仅仅是为了好吃，种出好吃的稻子太容易了，人家放几毛钱的香精，你就觉得那大米口感甚好，香甜可口。南方的稻子本来水污染严重，一年收三茬稻子，不放香精还真的没法吃吧？那不是我所追求的，我的目的就是两个字：安全。种出安全的稻子，让人们吃起来放心。剥去黄皮子，稻子就变成了银白色的大米，油光闪亮的。种稻子的人也一样，一定要清清白白做人，光明磊落地做事。经常地驱逐心魔，保持一个平常之心，量力而行。我不会盲目地去扩大规模，不会迎合市场，拿信誉去做赌注。我的大米在呼市卖得特别好，自治区首府的人民认我这个品牌。我永远感激我们内蒙古的人民，他们从来就不计较我的大米比别人家贵五元八元。就这个他们不计较的五元八元成就了魏佳米业，永远给我动力，一直信心满满地勇往直前。”

这是他在回答我的第四个问题：他这辈子的追求就是种出安全放心的稻子，只要有地种，别无他求。

# 九斿[1]白旗

我要讲的是个与历史有关的故事。故事涉及扎赉特旗一个历史文物。解放战争之前，这个文物就失踪了。我今天特意从近代往前推，记录几个回顾片段，故事也是采取倒叙形式，讲一讲那个文物——“短白旗”。

## 一

扎赉特王爷府内。

王府的正门两侧哈达、飘带，随风舞动。香炉中焚烧的熏香味充满整个王府大院儿，奴仆们来回穿梭，忙碌地走动着。

“有——请！白——旗！”站在乾德门庙主持喇嘛旁边的协理大人一声高呼，院内道路两旁挤满的人们齐刷刷地全部跪伏在地上，一直延伸到大门外。

王爷的博克手桑如布，身披镶金铠甲，头戴银色头盔，踱步走到正门右侧，如一尊雕塑一动不动地坐在了铺着老虎皮的楠木椅子上。

① 斿：古代旌旗下边或边缘上悬垂的装饰品。

四名健壮的喇嘛抬着一尊大鼎走过来，小心翼翼地将大鼎放在了台子的正中央。随后，两名十岁的童子托着金盘走到大鼎前，将叠放在盘子中的白色旗子恭恭敬敬地插在大鼎中央位置。

白色旗子的旗杆长二尺，杆顶镶着金尖头，旗帜三角形，也是二尺长，旗尖飘拂着银灰色的九斿。旗子的边角因年代久远已经磨损，在长期的香火的微醺中，颜色渐渐成了灰白色。

祭司念完祭祀词后，乾德门庙主持率领众喇嘛念经祈福。

坐在台阶下方右手处的老福晋，率先起身，向九斿短白旗磕了三个头，又点了三炷香虔诚地插在了前方特意放置的香炉中。之后，王爷也起身，进行祭拜仪式。紧接着是贝勒、贝子、达官贵人，最后平民百姓们也都手捧着洁白的哈达，跪伏着慢慢靠近九斿短白旗，将哈达双手供奉在桌子上后，又去旁边的大箱子跟前，进献各自带来的砖茶、乳制品等尊贵的贡品。

祭祀仪式的最后，司仪庄严地宣布："有——请！王府玉玺（印章）。"

王印祭祀过后，召开札萨克年初开印会议，商讨了札萨克诸多事宜。

## 二

王爷刚刚喝完早茶，就见协理图布丹匆匆地走了进来。

他走到王爷面前，跪下后说："听说塔子城来了一拨土匪，为非作歹呢。"

王爷问："那拨土匪大概有多少人？"

协理："有二百余人，是从景星下来的以伊德尔扎那为首的土匪。"

王爷问："我们的人马都在吗？"

协理连忙说："一营的人马都去泰来县镇压花蝴蝶去了，现在只有二营的一百名人马在王爷府上。"

王爷下令道："府中留下十个人看家，其余的人都配备好枪支、马匹，正午时随我出发，我们去塔子城会会那帮土匪。"

后来，当地一直在传唱一首民歌：

听闻塔子城来了一群土匪
王爷的人马只有一半在跟前
长生天和"九斿白旗"，请倾听我的祈祷
保佑我们旗开得胜，守卫家园！

听闻塔子城来了一群土匪
亲兵只有一半在身边
腾格里阿爸和"九斿白旗"，请倾听我的祈祷
请赐予我们勇敢的心和战斗的力量！

因为情况紧急，匆忙发兵，王爷征战前的祭祀"九斿短白旗"仪式简化了。

年轻的王爷身穿司令服，腰带毛瑟手枪，手中高举着战魂——"九斿短白旗"，威严地骑在四蹄雪白的枣红马背上，走在军队的最前头。

这时，土匪的探子也早已得到了王爷率兵前来的消息。听到探子的密报后，土匪头子伊德尔扎那说："王爷手举着'九斿短白旗'，来镇压我们了，王爷府二营的兵力如何，我们都很清楚。他们一半是大烟鬼，一半人手里举着的枪就是个烧火棍。我们虽然人数多，但我们做的是抢

家劫舍的勾当，毕竟是不义之举，老百姓的心都向着王爷府那边。最重要的是，如果我们玷污了咱们祖祖辈辈一直祭拜着的‘九斿短白旗’的威严，那我们就会引起圣祖之怒，引起民愤，最后落得走投无路、死无葬身之地。俗话说三十六计，走为上！传令下去，扔下所有物品，全部撤退！”

伊德尔扎那匆匆忙忙在塔子城中设立了简易的祭祀桌，摆放了一些祭祀品后，带着自己的一群土匪，往白城的方向逃窜了。

## 三

第二次鸦片战争时期。

天津大沽口炮台附近。

扎赉特王爷拉姆胡关布扎布斜坐在马背上，手举着“九斿短白旗”，传令道：“养兵千日，用兵一时。如今外国列强要侵略我们的祖国，他们的轮船已到大沽口，外国列强们妄想用武力威胁我们。大沽炮台、天津港是我们的祖祖辈辈征战、护卫的重要城市。

“蒙古族的勇士们！我们不能眼睁睁地看着外国列强侵略我们的领土，蹂躏我们的祖国，践踏我们的家园。割断侵略者脖子的马刀就在你们的手中，健步如飞的战马就在你们的胯下！

“战魂——神圣的‘九斿短白旗’——永远地庇佑着我们！踏遍欧亚大陆的雄风正在召唤着我们！我们一定会取得胜利，保卫我们的家园！冲吧，勇士们！打他个石破天惊，割下侵略者的头颅！前进吧，英雄们！用我们蒙古马的铁蹄敲碎侵略者们的痴心妄想！”

大沽口炮台前战鼓擂，枪声连，人喊马嘶，硝烟弥漫，山崩地裂，战火连天。侵略者们的头颅如割断的麦子般狼狈地滚落在蒙古族勇士们的脚下。

侵略大沽口炮台的外国列强们的野心彻底被击溃。参加这场战争的扎赉特一百〇六名勇士，牺牲了二十七人和四十匹战马。

立下赫赫战功的王爷，被清朝皇帝授予“札萨克郡王”称号，并得到了御赐银制盔甲的赏赐。

关于将军王大战大沽口炮台有个广泛流传的传说：将军王率兵参加打击英军战争的时候，因劳累过度，在天津港卧病不起。有一天，王爷的梅林在街上遇见一个白胡子老人，老人手里牵着一头黑色的羊在叫卖。梅林特别地高兴，也没有讨价还价，就把老人手里的绳子牵过来，刚要从怀里掏出钱给老人，只见老人给了他一张纸条之后，突然就消失不见了。

回去后，他急忙将此事禀报给王爷，王爷说：“一定是木华黎将军的战魂，神山的山神来帮助我了。快！把那张纸条给我。”王爷拿过纸条一看，上面赫然写着：“家乡的羊汤能治好你的疾病，有着九斿白旗的庇护，你们定会所向披靡！”

厨子随即就给王爷把做好了的羊汤端了过来。喝过羊汤后，王爷的病当即痊愈。

名扬四海的凯旋的王爷，回到扎赉特之后，虔诚地到了神山脚下，宰牛杀羊，隆重地祭祀了“将军崖”。

## 四

八百年前的一个阴雨天，晚秋的凉风夹带着冰雨。国王木华黎坐在铺着虎皮的帅椅，向着在他下方跪着的后辈、子孙们训诫道：“一个人，生为男儿，就应该驰骋在马背上，要做出惊天动地的大事！

“这世上不会再有铁木真般伟大的统领！我们都坚信他是几千年难遇的圣主，是长生天的儿子！

“我作为胸怀整个世界的伟大的成吉思汗的将领，我随着他的铁骑征战四方，跟着他冲锋陷阵，赴汤蹈火在所不惜！我永远为自己自豪，能够为成吉思汗成立版图最大的蒙古汗国，尽了我的一臂之力！这将是我此生最大的荣耀！我只有一个遗憾，就是未能将汴梁拿下，完成圣主交给的任务。

“迁鸟回，故人归！我的离世是无法避免的。我的兄弟姐妹、孩子们，你们应该牢记圣主成吉思汗的命令和我的遗言。你们一定要继续捍卫我们蒙古汗国的地位，一定要延续蒙古汗国的神圣威仪！”

木华黎将军点头示意，让手下将成吉思汗亲手授予他的“九斿短白旗”请了出来，他磕头接过白旗后道：

“孩子们，这面‘九斿白旗’是圣主成吉思汗的象征，是你们父王在战场上的庇佑！你们一定要每天都虔诚地祭拜这面旗子，一心为完成伟大的圣祖未完成的雄心而付出自己的一切。札剌亦儿部落最大的荣耀就在这面‘九斿白旗’里。在万目睽睽下，从圣主手中接过这面‘九斿白旗’的时候，我已经在心中发了血誓：誓死捍卫这面旗子的威仪！

“人可以飞天，但‘九斿白旗’绝不能闲置！你们一定要为黄金家族的每一个人效犬马之劳！这面旗子里蕴含着用鲜血洗就的英勇蒙古人的战魂，绝不能让它成为你们争夺名利的棋子！”

谨听教诲的众人，强忍着悲痛与泪水，不停地磕着头。将军临终时，漆黑的天幕中一道道闪电划破天际，山崩地裂、水翻浪涌，草木皆悲。拳头般大小的雨点，从长生天的眼眸中滚落，浸湿了大地母亲的衣襟。

带孙依照自己哥哥的遗训手捧着神圣的“白旗”，走出大寨子时，营帐前的将军、首领们，连同十万大军全部跪伏在地上，悲戚的声音惊天动地。

细雨蒙蒙，凉风习习。

将领们身上的皮甲都被雨浇透，手中的兵刃寒光四射。他们好像再次听见，圣主成吉思汗将那面白色的旗子交给木华黎将军时说过的话语：

“见旗如见人！木华黎将军的命令就是我的命令！”

## 五

秋高气爽，天空中有几片白云在游荡。

扎赉特旗音德尔镇木华黎广场人声鼎沸。广场中央矗立着木华黎骑上战马在云端上巍峨耸立的雕塑。左手放在剑柄上，远眺天边。

雕塑底座上刻着：木华黎（公元1170—1223），蒙古札剌亦儿（扎赉特部落祖先）氏，大蒙古国开国元勋。毕生辅佐成吉思汗，功绩卓著，誉称“四杰”之一。一二〇六年，封左翼万户长，统汗庭以东（今大兴安岭地区）。一二一七年，诏封攻金元帅，太师，国王，赐誓券、黄金印和大驾所建九斿白旗，经略攻金战事和中原治理。一二二三年，卒于闻喜县，时年五十四岁。一三二一年，追封太师，鲁国王，谥忠武。

扎赉特旗音德尔第二中学高一的全体学生站在雕塑正南方，青年教师斯琴图领着学生祭拜祝颂完毕后介绍说：“木华黎是征服世界的伟大圣祖成吉思汗‘四杰’之一，是札剌亦儿部落的首领，我们扎赉特人的祖先。我们扎赉特文化的灵魂就是木华黎文化，木华黎精神就是我们永远遵循的精神，我们伟大的祖先，用他的剑，高举着他的九斿白旗在天空、在史册上写出了精忠、坚韧、前进、奋斗的伟大精神。”

学生们心里激情澎湃，热血沸腾。一双双眼睛盯着巍峨的雕塑热泪盈眶。

此时，一个学生问道：“老师，那个金顶银柄的九斿白旗现在在哪里呢？”

# 只穿了一次的蒙古袍

接到把中篇小说《诺日布的狩猎小径》改编成长篇小说这个任务的时候，我就有了要回到故乡的想法。如果我想让这篇小说得到升华，那我就必须要回到那个小说的主人公生活过的地方；如果我想把小说主人公最纯洁的心灵和最朴实、坚强的品质淋漓尽致地表现出来，就必须要回到我那个贫穷落后的小山村。我做着随时出发的准备。

因为小说的“种子”就在那个小山村里。

过堂风阴森森地穿过了屋子，我赶紧爬起来关闭了两扇窗户。妻子说：“您老像个木头人似的握着电视遥控器在沙发上都躺了四个小时了，即使您是皇帝老爷，也该起驾动一动筋骨了。”说着，顺手拿起她旁边的一个靠枕朝我的睡榻撇了过来。两个人一起生活，就是要相互包容。我早已验证并且明白了为改变对方而竭尽全力地去努力争斗是多么的徒劳无功。妻子习惯把屋内所有窗户都要同时开着。这样，“肆虐”的过堂风就会毫不留情地让我们共同感受到它是怎样的一个危险的存在。

妻子正在对我们的衣柜进行围剿，积极落实“三光政策”。通过这三年一度的大扫荡，我们家衣柜内的一些旧衣物就会被扫地出门，去寻找新的主人。与此同时，存折上的数字就会成正比地飞速下降，以无比热情的速度接近于负数，以此换来又一批新潮的服装挂在我们家的衣柜内，然后默默等待三五年后的再一次大扫荡。

老黄（妻子的尊称，背地里我和女儿就这么叫她，其实就是黄脸婆的简称）不知从衣柜的哪个角落里找出一件蓝底白色圆形图案的蒙古袍，无比惊讶地说："这是谁的衣服？怎么会在这里？我怎么从来没有见过？"她惊讶的程度正随着她连环炮式的询问和逐渐提高的嗓门儿而提高。

"这个家里就我一个男人，如果不是我的，你的惊讶程度应该比我的要高才对头。'这衣服到底是谁的'，这句话应该是我要问你的。"我平静地说。

"这件蒙古袍肯定不是你的，也不是孩子舅舅们的衣服，也不是孩子姨夫的，我们家的人不可能有这种旧社会的衣服。"

"这是街里一个乞丐的，我看到后为了做'法事'借来的。"

"我知道了，这是巴特尔的吧，不对，看这件袍子的长度应该是孩子大伯的。"

这就是老黄的可恶之处，只要是不好的、陈旧的、多余的东西就是我老家的东西，这个公式明显是在侮辱我的老家贫穷落后。

"别瞎说了，明明就是我连襟的衣服，就把它放在原位，别动了！"我不高兴地吼道。

"不是，我姐夫瘦得像秸秆，这件衣服却像麻袋那么粗，怎么可能是他的。"

看来老黄的侦查潜力再次被开发了出来，她可是典型的入错行的例子啊！

有时候，我和女儿会控制不住自己肚子里的馋虫，趁她不在家的时候，偷偷地吃一些她禁止的烧烤食品。每次吃完后，我们俩都会很认真地净手漱口，收拾“案发现场”，将吃剩的“战利品”连同包装袋都扔得远远的。可是老黄一进屋就会闻出异味，然后就开始她的训斥：“什么味道？你们俩是不是又偷吃垃圾食品了？小的不懂事，大的是不是也缺心眼儿啊？不知道这些垃圾食品对身体有害吗？”如此云云。即使开窗通风放掉气味也逃不出她的火眼金睛：“谁开的窗户？花盆怎么会移动了？你们俩是不是为了毁灭证据开了窗户？”任何蛛丝马迹都会引起她的长篇大论的说教。

眼看着她就要把那件袍子放进塑料袋里，让它与那些即将要扔掉的衣服为伍，我有点坐不住了。前几次的大扫荡中，我也是千方百计地将它不留痕迹地留下来到今天的。

“接孩子的时间到了，这些衣服我帮你处理吧！你说给谁，扔到哪里，我就放到哪里。”老黄瞪了我一眼说：“赶紧滚！该干吗干吗去，可别给我添乱了。昨天女儿还给我讲了香肠、老鼠和麻雀为了煮一锅汤，因为分工错了，导致全军覆没的童话故事呢。别在这里碍手碍脚的，刚把你的衣服收拾完，你就不怕我把你连同这些垃圾一起扔到垃圾桶里吗？”她还不忘调侃我几句。

接到将这些衣服放在门口的指示，我拎着几包被老黄筛选出来的衣服出来了。我偷偷地将那件蓝底带白色圆形图案的蒙古袍拿出来放在干净的塑料袋里拎着，看着衣服想，这件衣服我就穿过一次，它不算太陈旧，只是衣料、做工、风格陈旧了一些，被现代珠光宝气的潮流所不容罢了。我把其余的那些放在了大门柱子边，就去接孩子了。

接了女儿后，我们沿着人行道慢慢往回走，我看见路旁的干洗店，就拎着衣服进去了。店主看到衣服后用询问的眼神看了我一眼，似乎在说：“这么陈旧的衣服真的要干洗吗？”女儿看到后也问我：“老爸，这是谁的旧蒙古袍啊？”

我说："谁拿着就是谁的衣服呗。"女儿小脑袋瓜摇得像拨浪鼓，说："不是，老爸你要是穿这件衣服不得拖地啊，你从来没有穿过这样的衣服，你很少穿蒙古袍的。"女儿好像要证实这件衣服和她的老爸没有一点关系似的，在我身前身后绕来绕去，真不愧是老黄这个"侦察员"的女儿啊。

看着浑身上下穿着鲜亮的新衣服的女儿，我突然想起翁牛特旗的女同学说过的话。我们俩是大学同学，而且在自治区骨干教师培训班一起学习了四十天。有一天，我们俩上街给各自的孩子买衣服。她给儿子买了一套西服，说要把儿子打扮得像个英国小绅士。我说要给女儿买一件蒙古袍。她帮我选了一件漂亮的蒙古袍后说："有女儿真好，每天都可以把她打扮得漂漂亮亮的，领到哪里都讨人喜欢。不像男孩子，不管穿什么，半天儿就会变成像从垃圾堆里出来的似的。"

在路上，我为了给女儿上一堂德育课，故意寻找切入点。

"多丽雅，你们班级谁的衣服最漂亮啊？"

"当然是红艳的衣服最漂亮啦，她妈妈是开服装店的，红艳想穿什么都是现成的！"

"住宿的同学们的衣服干净吗？他们的衣服都是谁给洗的？"

"到了四年级，住宿的学生都是自己洗衣服了，以前是学校统一给洗。还是街里的学生好啊，有父母给洗衣服。"

"老黄要把你的旧衣服都扔掉呢。"

"扔掉就扔掉吧，这样我就可以买新衣服了。"女儿开心地说。

"那怎么行？买新衣服不是需要钱吗？那钱可不是从天上往下掉的。衣服这东西，干净整洁就好，冬暖夏凉就够了，穿得光鲜亮丽，里面空空的话，即使穿得像模特儿那般的漂亮也不能成为对国家对社会有用的人。"

“知道啦，老爸，打车吧，我走不动了。”

“好好听哦！我说正经的呢，你老爸到了八岁才穿上了第一件属于自己的新衣服，之前都是等着两个哥哥的衣服小了，我才能接着穿。十四岁那年，我在我们苏木中学读初二，那时我利用暑假时间挖药材的钱才买了一双猪皮皮鞋。我兴高采烈地穿上新皮鞋去了学校后，看见别人的牛皮皮鞋都油光锃亮的，我穿的猪皮皮鞋显得特别没有光泽。我十六岁上高中的时候，还穿着后背上打了补丁的衣服呢。”

“老爸，你怎么一直纠结于自己什么时候穿了什么衣服呢？你看，我的裤子膝盖上破了一个洞，都三天了，我还一点儿都不在乎呢。”

“宝贝啊，你这条裤子不是上个月才买的吗？怎么这么快又穿坏了？”我惊讶地问道。

“是谁教会我像男孩子一样淘气呢，最近您唠唠叨叨的程度快要超过我妈了。”

“以后要注意点儿，别总是把衣服裤子弄坏啊，小孩子的衣服贵着呢，你穿破的不是裤子，那可是红红的人民币啊！”我语重心长地说。

她歪着小脑袋，有板有眼地边走边说：“可是钱花了才叫钱啊，挣钱是为了什么啊？不就是为了花嘛。不花钱那挣钱做什么呀？再说了，我花的这点钱和妈妈为了美容花的钱、老爸您与酒肉朋友喝酒的钱比起来简直是小巫见大巫啊。我能花多少钱啊，一直以来我也只不过是要求你们给我买一点好吃的，从来没有为了买这个那个的为难过你们啊，所以——”她顿了一下说：“我现在要去前面的书店买漫画书，这人见人爱花见花开的女儿的小小的要求，伟大的老爸您一定要答应哦！”说着就先跑进了灯塔书店。

我总感觉女儿刚才所说的话语，我在哪里听过。转念一想，我就找到了答案。原来是女儿最近所看的这些漫画书给她上的这堂课啊。女儿现在也画漫画，主要是讲我们家三口人的故事。女儿把自己画成小老鼠乐乐，我是大老鼠星星，皇皇是我们家的警察，皇皇的衣服是黄色的，头发也是黄色的，最重要的是她是我们家的“皇帝”，所以戏称她为皇皇——真实身份是黄猫。这些漫画都是在皇皇去学校上晚自习后，女儿利用写完作业后的半个小时内秘密完成的。所以我媳妇儿一次都没有看到过，目前为止还是机密。其实就是和《大头儿子和小头爸爸》差不多的东西。

买完漫画书一直到家门口，所有大包小包都是我拎着。我拎着瓜果蔬菜、切面等物品正要开门的时候，女儿很狡黠地一笑，说：“爸爸，我帮你拿着吧。”然后不仅把自己的书包背在背上了，也把其他几袋物品拎在手里了，当我开门进屋的一刹那，女儿拎着大包小包就像是赶了很长一段路的样子，气喘吁吁地出现在了老黄面前。老黄见了女儿的样子，心疼得不得了，责备的话语劈头盖脸地就朝我袭来：“让孩子大包小包地背着，你自己在后面闲庭信步，你的心是不是石头长的？”女儿朝我眨眨眼，应该是为自己的恶作剧很得意的样子。

晚上写作业的时候女儿撒娇地说道：“老爸，老师给我们布置了写一篇作文的作业，而且必须要写有关动物或家禽家畜的作文。我长这么大从未饲养过任何一种动物，所以不能伪造啊，老爸你要教教我怎么写，或者给我写个作文提纲。一会儿我会把我们三个人的被褥铺好的。”

“什么？你没有养过动物？我给你买过金鱼，还给你买过麻雀，也让你养过小白兔，你还想怎样啊！”

“算了吧，老爸！作文的要求是要写家禽或家畜，您说金鱼是家畜吗？麻雀是家禽吗？”

“那小白兔呢？”

“可是兔子只饲养了两天，妈妈就说家里有腥臭味，就把兔子送人了，我还没有来得及与小白兔发展出故事情节呢。”

“那你就写：爸爸给我买了一只小白兔。我非常开心。可是妈妈说小白兔有骚臭味，污染了家里空气，就送人了。这不是三个段落了吗？”

“伟大的老爸，您这只是三个句子，您要分清楚段落和句子好不好？”

“那就接着写妈妈把小兔子送人之后你悲伤哭泣的经过，再将你为了要回小白兔而绝食，我们两个偷偷去寻找小白兔未果后的失落感，后来听说小白兔被某某人煮熟了吃掉之后的愤怒都写出来，真真实实地写出来。”

“那可不行。”

“为什么不行啊？”

“如果写得太好了，老师就会当作范文念给全班同学听，那同学们就该说我是爱哭鬼了。”

“真麻烦，那就说自己养过一条狮子狗，胡乱编吧！”

“您怎么教小孩子撒谎啊！”女儿学着老黄的语气说道。然后说：“还是写养小鸡仔的事情吧！”

“对啊，我还给你买过两只小鸡仔呢！”

“可是只养了两天就送到姑姑家里去了。”

“那有什么办法呢，楼房里怎么能养鸡啊？”

“那我们为什么就不住平房？对了，您说过我生下来就有青胎记，是纯蒙古人。那我们为什么不住蒙古包或毡房？不养牛马和羊？骑马的蒙古人多威风！白马多好看！我最喜欢乌兰图雅唱的《套马的汉子》那首歌了，还有《骑手》那首歌儿，我长大了要当女骑手，行吗？”女儿一口气问了这么多问题，我都不知道从哪里说起。

“直到那年的秋天，我的两只小鸡还一直在苏力德哥哥家里呢。有一天我去的时候两只小鸡却不见了。苏力德哥哥告诉我两只小鸡去远方旅行了。两年后我才知道，是苏力德哥哥的爸爸把我的小鸡杀了，吃了。苏力德哥哥前两天才和我说了实话，他说当时怕我哭闹，才没有告诉我真相。我那时也真是太幼稚了，哥哥说小鸡去旅游了我还真的信了呢。老爸咱们俩以此为题画个漫画吧。”

“画漫画之前把作文先写完吧。”我说完就去了厨房，那里还有很多锅碗瓢盆正等着我清理呢。真是三十年河东三十年河西，我在学校任教时带了三届学生，起早贪黑地往学校跑了整整九年。那时妻子天天埋怨说我回家就像是住旅店，为了学生不顾家。现在我改行不在学校了，她又当上了班主任，过起了回家像住旅店的生活。每天都要和那些正处于青春期的学生打交道，每天为了孩子们的学习、卫生、德育和生活琐碎操碎了心，回到家里之后也走不出那种情绪。

“多丽雅，你怎么没有动静了？是不是睡着了，你妈妈快回来了，快点写完作业吧。”然后，我又装作不经意地说，“今天去干洗店的事情，不要告诉你妈妈。”

“可以啊，有什么不可以的呢？如果你进来把被褥铺好，我一定不会告诉妈妈你去干洗店洗衣服的事情。”

“你想说就说呗，我只不过去了干洗店，送去一件需要干洗的衣服而已，又不是偷偷地和朋友出去喝酒。”

女儿得意地说：“那件衣服不是妈妈让你拿出去扔掉的吗？你一定是舍不得扔掉才会送去干洗店的，如果你不想让妈妈把那件衣服扔掉，那就赶紧铺床吧！”

“你个小机灵鬼，人小鬼大，如此说来你倒是想亲眼目睹你妈妈扔掉衣服的情节啊！”听我这么说，她故意用英语说了两句话，然后自己又在那里哈哈大笑。

作文写完后，说什么也不给我看。写完蒙语文作业后却问我：“老爸，拧股绳是什么意思？”

我说：“你没有查字典吗？就是把线拧成一股绳子的意思啊。”

女儿：“我查字典了，字典上也说拧绳子。可是我就是不明白怎么把线拧成一股绳子的。是把绳子弄断的意思吗？”

哎妈！这母女俩对动词的敏感度都是特别的迟钝。

老黄总是把蒸馒头说成煮馒头。我女儿更是，戴帽子她说成穿帽子，吃药总是说成喝药，削铅笔说成割铅笔。

没办法，我就在家里找绳子，却怎么也找不到。我心想，现在谁家也不用拧绳子了。我找了根鞋带，把鞋带拧成一股绳给女儿做示范。“原来绳子是这样拧成的呀。”

我问她：你是否知道拴马链是怎么做的？”

“拴马链是什么呀？”

“就是拴马用的链子。”

“拴马是什么意思？”

“就是把马的两条腿拴在一起防止乱跑。”

“为什么不让马儿自由地奔跑，为什么要将它的腿拴起来？你们大人就是两个字——麻烦。把马儿的腿拴起来不让跑，整天唠叨小孩不许这样不许那样的……”她发了阵小牢骚，然后说，“作业写完了。爸，我问你一个问题，您喜欢马吗？”

“当然喜欢啊。”

“那您骑过马吗？”

“骑过啊，我兴安屯的舅爷爷家养马养过很多年，你两个大爷骑得少，我骑得最多。”

“骑自行车真没意思，要是骑马上课的话多好啊！”

“呵呵！把校园变成养马场？”

接着我们俩画了漫画。

每个故事都是以乐乐的恶作剧开始，导致皇皇被整得很惨，然后以星星背黑锅为结局。

躺下后，女儿还是不睡，让我给她讲故事。

我说："我最近没有读新故事书，我知道的故事早都给你讲完了。"

"那就讲讲你小时候的故事吧，就讲你们三兄弟欺负我莲姑姑，然后莲姑姑找你们三个报仇，得到了最终的胜利。"

"今晚就算了吧，爸爸好好想想明天再给你讲吧，爸爸的作业（我写作的时候女儿总是说我在写作业）还没有写完呢。"

"那我问你一个问题，今天送去干洗的那件老牌蒙古袍是谁的？为什么要瞒着妈妈留着那件蒙古袍？"

"不瞒着你妈妈，她会把这件衣服当作是旧衣物扔掉的。你还记得我给你讲过有一个叫诺日布的猎人猎杀野猪的故事吗？"

"记得，那名猎人的老师养了一条很长的蟒蛇。那猎人是我二舅老爷，他是勇敢的猎人。"

"对，对，这件衣服就是你那猎人爷爷的三儿子钢苏和大伯的蒙古袍。我们两个是发小。"

"什么是发小啊？"

"就是从小一起长大的好朋友，就是像你和苏力德哥哥一样，又是兄妹又是好朋友。"

"哦，然后呢？

"我们一直到小学毕业都是在一个班级。之后他辍学了，我一直念到大学。他不论是什么事情，都会让着我。他跟着你猎人爷爷常年在野外打猎，就像清楚自己的掌纹似的了解我们故乡的山水。他的力气特别大，打猎很有准头，多么厉害的狗只要听到他的声音就会停止吠叫，多么粗的毒蛇闻到他的气味儿都会钻进草丛纹丝不动。他把它们抓出来缠到脖子上玩儿，那些蛇都不咬他。村里老人都说他是仙鹤转世。我当时就像是哥哥的小尾巴，天天跟着他，我们一直到十岁的时候，还住在同一间屋子里。”

“老爸，我困了，您说着说着就跑题了，那这个人和那件蒙古袍有什么关联吗？”

“那件蒙古袍就是这个人留给我做纪念的。”

“为什么？”

“我考入大学的那年，钢苏和哥哥来送我。那时我们都很贫穷，我虽然升入了大学，可身上却没有一件像样的衣服。哥哥了解这情况，所以他就把自己结婚时要穿的蒙古袍拿来送给了我，那件蒙古袍是我姥姥病重时一针一线缝制的。钢苏和哥那时候才十一岁，我姥姥知道自己的病情很难康复了，就咬紧牙关坚持好长时间给她的长孙做了件新郎蒙古袍；逝世的时候还千叮咛万嘱咐，要让孙子结婚的时候穿，她说她要从天上看到新郎是多么的俊朗。姥姥的针线活儿做得特漂亮，她很小的时候就开始给别人家请去做新娘新郎的衣服。领子袖子上的图案都是好几百年传承而来的，真的很好看。扣子都是纯银子做的，腰带扣子也是纯银子手工扣子，衣料是我姥爷救活了当时旗长家的千金后得来的，特别的珍贵。我的老家是嫩科尔沁十旗之一图什业图旗，就是蒙古族最伟大的弓箭手哈萨尔的后裔生活的地方。所以这件服装也算是科尔沁服饰的文物了，因为姥姥这样的手工已经失传了，人们已经忘记了科尔沁服饰是什么样的。那时候我推辞说不要，他不肯。他对我说：我们的家族里终于出了一个大学生，要做有文化有知识的人呢，我们这面朝黑土背朝天的人穿什么都一样，你可是要和那莘莘学子一同走向知识殿堂的人，穿哥哥的衣服去学校吧……你在听吗，宝贝？”

“嗯！”

“那件衣服我只穿了一次，大学开学典礼照相留念的时候，我把这件蒙古袍带去了。当摄影师在喊看这里，笑一下，一、二、三的时候我已经把衣服穿上了。照得特别好看，虽然衣服肥一点，但相片里根本看不出来。入学照没有将我的运动鞋照出来，因为我当时站在最后一排……”这时我看见女儿虽然已经睁不开眼了，脸上却带着微笑。

“快放暑假了，爸爸要去你钢苏和大伯家里，写我的长篇小说，说好了去了之后会待很长一段时间。这次去的时候，我会把那件蒙古袍带去的，要献给中旗民族服饰博物馆。你和我一起去吗，宝贝？”

“他们家有狗吗？”

“那当然。”

“有骏马吗？”

“有一群骏马呢。”

“我可以骑马吗？”

“可以啊。”

“能听到‘莽古斯’（怪兽）的故事吗？”

“能听到啊。”

“你会给我买漂亮的蒙古袍吗？”

“会的，爸爸再给你买一双带漂亮花纹的蒙古马靴子，还让你白雪姐姐教你针线活儿。”

“那我可一定要去啊，我给我的布娃娃做很多套蒙古袍穿，爸爸，拉钩！”

“好，拉钩，盖章，就这么决定了。”

女儿终于睡着了。

朦胧的月光透过窗纱照在女儿的脸上。我仰卧在床上盯着头顶上的吊灯的花纹发呆，那是个三叶草。我突然想，为什么不能在这些吊灯上装饰一些民族元素图案呢，如果每一个蒙古包里都用带蒙古元素的吊灯一定很美丽！

当我任自己的思绪随意驰骋的时候，女儿突然“呵呵”笑着翻了个身，双手在空中好像摆出抓缰绳的动作，就那么一下。此时女儿也许正在做着一个快乐的骑手梦……

# 第十辑

## 收获的季节

# 山沟里盛开的民族之花

天蒙蒙亮。一辆白色的小汽车在坑洼不平的田间小道一路颠簸，犹如一个跳动的音符，缓缓驶进了前方的山村——黄花岱。随着车子的驶进，一群翘首以盼的孩子便欢呼雀跃起来：“车来了，我们要上学去喽！”几个孩子笑着、闹着爬上了车，送孩子的几位老人和呼格吉勒图寒暄了几句后，便放心地回到了屋里。呼格吉勒图看到车里嬉闹的孩子们，会心地笑了，他脚步轻盈地钻进车里，赶往“梦工厂”——嘎查所在地蒙古族幼儿园。日复一日，年复一年，他每天重复着这样的生活，却从未看见他厌烦过——他就是山沟里朴实无华，默默付出，却又真真切切地为孩子实现着在家门口、在父母身边接受学前教育愿望的辛勤园丁、敖包吐嘎查幼儿园园长呼格吉勒图。

无论是严寒的冬日还是酷热难耐的夏天，他都始终坚守着最初的承诺——每天安安全全地接孩子上学，再平平安安地送回家里！而已经有些破旧的小轿车好似向人们证明着它一直陪着园长度过了近十个春夏秋冬，迎着日出、伴着晚霞无数次进出过幼儿园的大门。呼格吉勒图的生活每天都是这么的忙碌，每天都有着忙不完的事情，大到向苏木乡镇、教育局汇报工作，与各单位、各团体联系幼儿园图书、器材相关事宜，小到照料孩子们的饮食起居。但他却从不后悔当初的选择，他用自己的辛勤付出维护着大家的梦！

敖包吐嘎查是巴彦乌兰苏木很早就有的嘎查，敖包吐嘎查由黄花岱、查干朝鲁图、敖包吐三个屯子组成。二十世纪五十年代的敖包吐嘎查学校有一至八个年级，二百余人，是教育及管理等各方面在全旗都有名的优秀学校，从这所学校走出过很多杰出的人才。半个世纪的风云变化，新增人口的逐年减少及上级政策的调整，学校被逐年强制合并，致使敖包吐嘎查仅存的小学也被搬迁至苏木所在地，且老师也随着学校的搬迁，去苏木所在地进行教学。但因当时生源的减少，许多老师面临着无学可教的处境，依据当时的政策，这些老师是可以待岗在家的，只是会有一小部分的工资被扣掉。可是在家边待岗边务农的老师们却放不下一辈子所从事的职业，放不下孩子们；很多时候，这些老师都会不约而同地来到学校门前，回忆着、讨论着教学时的种种情境；望着空荡荡的屋子和几近荒废的校园，不难看出他们的无奈、茫然与惆怅，但更多的是一种希冀与重新登上讲台的渴望，有一种想法不由自主地在他们心中萌发出来："城里的孩子们上学前都上幼儿园，既节省了一个家庭照顾孩子的人力，又让孩子们能学到很多东西，而我们农村如果将那么小的孩子送到城里的幼儿园也是不现实，且对孩子和父母都是比较残忍的事情。如果我们嘎查也有个幼儿园，那么孩子能上学，而我们也可以重新回到讲台上，继续我们的教师梦，这不是两全其美的一件事情嘛！"想到这儿，大伙便将想法付诸实践，商量妥当后就向教育局提交了成立幼儿园的方案。好事多磨！从申请到批准，经历了很多的过程，也经过了很长时间，最终，他们的坚定、执着和细密周到的方案感动了领导，同意在嘎查村办幼儿园。这样，他们向成功迈进了第一步！

呼格吉勒图被大家推选为园长，他带领着李春、苏都、宝泉等老师开始了前期的工作，从修缮屋子、修葺院墙到引进设备，几个人忙得是不亦乐乎。而他们的举动也得到了当时嘎查委员会的支持，嘎查将一部分原校田分给了他们，之后，他们便自己下田耕种，浇灌、除草，事事亲力亲为，想着等有收成了就可以作为幼儿园的经费支出，浑身就有使不完的劲儿。

幼儿园刚刚成立时因没有民族幼儿书本，他们便想方设法，利用私人关系托人在呼和浩特找了民族幼儿书籍；因为没有教学用品，老师们就亲自动手制作蒙古包、马鞍、勒勒车、蒙古袍的模型；在困难面前他们没有退缩，反而更加团结、更加坚定地为实现他们心中的梦想而努力着、坚持着。

为让这些少数民族孩子从小就多了解一些自己民族的文化，从小树立起热爱自己的民族、热爱自己民族文化的意识，他们竭尽所能地学习新的知识儿歌。蒙古谚语、民族舞蹈都是他们的学习内容。就这样，幼儿园算是运转起来了。起先，嘎查里孩子的家长们也对这个新事物持怀疑态度，但是，经过一段时间，孩子们学到了很多东西，而家长们也减轻了很多负担，渐渐地，父老乡亲们开始接受并关注，甚至可以说已经到了依赖幼儿园的地步。

通过各方的努力，幼儿园已初具规模。每当人们走过这片熟悉的校园，听到的还是那么熟悉的琅琅的读书声。只是这些声音比之前更加稚嫩了，但老师们的教书声却更多了一份坚定。然而，对于散居于嘎查的村民来说，幼小的孩子独自来上学或者由交通工具匮乏的农民们来接送孩子都是一件困难的事情；有时，因为送不上孩子就会耽误孩子来上学。为了解决这个难题，呼格吉勒图园长考虑再三，决定买车、学车，接送孩子们。就这样，一送就是好几年，不管是刮风下雨还是身体有恙，他那小白车都会如期而至，十年如一日！

说到这儿，也就有了本文开头的那一幕，那一幕也在这十年间重复地上演着。黄花岱屯萨玛噶老人道出了大家的心声："把孩子留在家里谁都不放心，尤其到了种地的时候老老少少都得下地干活，根本没有多余的人来看孩子。来回接送孩子还得耽误一个人的活儿。幸亏有园长每天挨家挨户地接送，为大家解决了后顾之忧，也让孩子受到了很好的教育！"是啊！园长呼格吉勒图的这份耐心与执着让人感动，更让人敬佩！乡亲们为了支持幼儿园的工作，回报园长的一片心意，商量后决定车油钱由这些家长共同分担。

记者向园长问："您的家眷理解您吗？"园长语重心长地回答说："起初我的家人还有村里人都非常反对，连老伴儿都说我：'看护自己的孙子还能对自己的孩子有所帮助，把自己付出一生心血换来的那点钱都花在了车和别人的孩子上面，你知道你的孩子们会有什么想法吗？现在你连自己都顾不上呢，你还张罗起那么多人的事儿，都活到这把年纪了，该悟出点事来了。'可是我始终认为作为一个人应该做点有意义的事儿。我也知道用买车的钱买几头牛养着，对我的生活是有好处，这个我也明白。但是人不能只为自己活着，我能用自己微薄的力量帮助到我的父老乡亲们，哪怕自己有所损失，我也觉得值得！其实，帮人不就是帮己嘛！"

功夫不负有心人！在呼格吉勒图的带领下，在学校老师的努力下，幼儿园办得有声有色。那些可爱的孩子有了具有民族特色的玩具、蒙古特色的诗歌读本，还有院墙上由老师和学生们一同绘制的蒙古包、宽阔的草原、奔流不息的河流，无不昭示着一个充满着生机与活力的文明与文化的摇篮正扎根于这个有些偏僻、有些闭塞却又孕育希望的小小的嘎查——敖包吐嘎查。

如今，幼儿园的有序发展得到了巴彦乌兰苏木党委政府的重视和大力支持，投入五十万元，在村中间建了占地面积二千五百平方米的新校舍；二百五十平方米的宽敞明亮的教室和宿舍，由老师们亲手栽种的蔬菜、果树，让这个“梦工厂”显得那么温馨！

目前，敖包吐嘎查幼儿园有二十七名学生，五名老师——分别为大、中、小班授课。在全旗已经成为了学生及教师最多、条件最好的嘎查幼儿园。无怨无悔付出的老师们以及知恩图报的敖包吐嘎查乡亲们的故事随着春风、和着细雨被人们传诵开来，感动并温暖着无数人。《内蒙古日报》的领导们看了相关报道情不自禁地说道：“我们报社新换下来的电脑一定要送给他们的老师。”内蒙古教育出版社的老师们说道：“我们会为孩子们提供最好最新的幼儿图书。”

当记者采访巴彦乌兰苏木年轻的书记曹智彬时，他胸有成竹地说：“旗里对咱们嘎查的幼儿园非常重视，像敖包吐嘎查这样的幼儿园，已经在几个嘎查里相继建了七所。我们将会借鉴成功的办学经验将基础教育做好、做强！像敖包吐嘎查这样的成功的办学例子会成为巴彦乌兰苏木其他嘎查学习的榜样。”

对于有着十七万蒙古族的扎赉特旗而言，民族基础教育事业的发展可以说是重中之重，不可否认的是在民族基础教育事业的发展史上，敖包吐嘎查的幼儿园写下了浓墨重彩的一笔，这些老师和乡亲用他们的持之以恒和聪明才智证明着他们的先见之明！相信敖包吐嘎查幼儿园的成功运营和传承、弘扬民族文化的经验，将会对民族基础教育事业的起步和发展，起到启发与促进的作用！

## 呼吸机的故事

扎赉特旗阿拉坦花嘎查是该旗最穷的地方，然而这里却居住着心灵善良的人们，上演着感人肺腑、荡涤心灵的故事。

一缕缕阳光夹杂爱的气息透过窗户间的缝隙照进了黝黑的小屋，屋内是母亲忙碌的身影和卧病在炕上的二十六岁的儿子何永财，他用饱含着对生活的希望、对健康的期待的目光，注视着不停劳碌着的母亲，满满的都是对母亲的心疼，而常年与病魔抗争的他脸色苍白，让人揪心。由于先天性缺陷，小伙子在秦皇岛打工的时候突然摔倒，导致颈椎错位，不能自己呼吸了。父母在乡亲们的资助下，在北京治疗了几个月，虽然保住了性命，但最基本的延续生命的工序——“呼吸”却不能自主，需要呼吸机才能够呼吸，且需要人二十四小时的照顾。一个困难的家庭再加上重病的儿子，沉重的压力压得全家人喘不过气来。但命运的不公、悲惨的遭遇却没有把这家人打垮，已欠下数十万债务的父母，已经没有能力再给他买呼吸机，只能将医院给的气球接在儿子的喉管上，夫妻俩日夜不停地轮流挤压，才能让孩子正常呼吸。没有能力再住院治疗的他们回到了老家，从小看着小伙长大的乡亲们送来了鸡蛋、荞面、蔬菜、零花钱等，并竭尽所能伸出援助之手。然而最难的还是孩子呼吸困难问题，一分钟必须保证挤压气球不多不少二十次才能保证孩子呼吸顺畅。但是一个人再坚持，也只能挺两个小时，挤压次数多了，手就发麻，韧带变得像木头一样僵硬。十多天下来，父母日夜连轴转地工作，手指手腕肿胀得都不能拿碗筷了。

为了帮助这个苦难的家庭，亲邻们决定安排值日轮流帮助他们；由村头开始，每家在他家值两个小时班，考虑到年轻人容易困乏，中间打盹、体格弱的容易疲倦，不能坚持，晚班大多安排年龄大、体格壮的人值班。一天、一周、一个月、两个月……无数个分秒，大家都在坚持着每分钟二十次的挤压。挤快了怕孩子呛住，挤慢了怕呼吸紧促，一个小时一千二百次，一个月八十六万四千次。让孩子顺畅地呼吸是本村人最朴实却也是最迫切的希望。乡亲们用他们的热心、爱心、苦心、耐心支撑着这个家庭，延续着小伙子的生命。

“只要我们还有一口气，就决不能轻言放弃。怎么能抛弃一手拉扯大的儿子呢？孩子看我们的眼神是那么的无助，那么的充满希望却也流露着心疼与愧疚。”母亲说道，“这样为难大家，心里真的是太过意不去了，乡亲们都有忙不完的农活啊，为了我们家的事儿，把家里的活都耽误了，我们也不是无动于衷。也曾想过放弃，但是通过大家的坚持，儿子的体质开始恢复，不用呼吸机也能自主呼吸五分钟了。我们也知道，儿子怕别人抛弃他，怕对别人造成压力，但是，对生命的渴望、对美好生活的憧憬，一直激励着他对自己不放弃，一直想着康复、想着活下去。可是残酷的事实确实是难住我们了，我们也需要干活，需要种地，需要吃饭啊！但就是离不开儿子啊！嘎查和镇里资助了一部分钱，但对于我们家这个无底洞来说只是杯水车薪。”可怜的母亲话没说完就放声痛哭，为了不让儿子察觉，跑到外边。

值班就是救命，乡亲们只能通过增加值班时间来帮助他们，安慰他们。两个多月以来，乡亲们没有一个值班脱岗的人，按时按点，从不曾迟到和懈怠过，就像战斗在一线的战士，他们将爱心变成了冲锋号；而我更加觉得他们每一个人都是白衣天使，用他们的无私与博爱照顾着跟他们没有丝毫血缘关系的病人。一双双强劲有力的手传递着感人的温暖，一句句鼓励的话语弹奏着爱的音符，一个个感人的瞬间谱写着美丽的传说。这一切的美好，何永财看在眼里，也铭刻在了心里。他用自己的坚强和毅力，回报着每一个关心他的人！他顽强地与病魔抗争着！

老天不负有心人。也许是何永财的坚强和乡亲们的善良感动了上苍，就在大伙儿都在迷茫犯愁时，一个创造生命奇迹的热心青年出现了，他就是我们故事的另一个主人公"白龙"。白龙是退役军人，可乍一看就像女孩一样腼腆。他在呼伦贝尔打工时，无意中听说发生在村里的这件事后毅然放弃了原有的工作，回到了老家，希望能用自己的一臂之力帮助小时候的玩伴。他是个心灵手巧的人，虽然没见过呼吸机是什么样的，但他坚信能够用什么方法代替人工。没念过书的他，最早想到了缝纫机。轻轻踩一下就可以转动飞轮，再接上把手，当飞轮转动时那个把手就不停地挤压气球。想到这里马上就开始行动了，他将自己的自行车拆成几块，固定在木板上，配上十几个齿轮，用三棱胶带连上，尝试减缓转速，使其一分钟能够转动近二十次。"刚开始时没有经验，缺什么就买什么，有时，一天得往旗里跑三趟。"他笑着回忆当初的情景。可是当初他可没有一点笑的心情。成功与否没有一点把握，最难的是取气球管的模型，不知道管的大小就不能做固定长管的螺丝（气球能离开病人的时间只有五分钟，到时间必须原样插入）。白龙想到电视上那些地下工作者，用泥巴获取敌人钥匙的模型，便和面取了模型。螺丝、圆圈、轮轴、钉梢，缺什么找什么，或者做什么。差不多用半月时间，制作出了一台机器。虽然看起来不太雅观，但用手轻轻转动，可以轻松挤压气球，转回来时，气球正好能够全部膨胀。村里人初步得到解放。虽然还是用手转动，但已经很轻松了，闲谈之间，轻松完成“挤压”动作。然而他没有满意。他想到电风扇，只有用电力转动机器，才能真正解放人力，他便拆掉自己家的电风扇，开始了用电转动自行车轮的实验。其间两次触电，当时一天只能睡两三个小时，虽然觉得辛苦，但是看着乡亲们比自己更辛苦，他就更加有劲了。小伙谦虚地回忆说：“用电力转动，对时间的要求更高了。必须多加几个齿轮，减缓大轮的转速。上了轴承，接了齿轮。电风扇的电机因马力不够而转动不了过重的东西，用轮滑的原理就能解决这个问题了。”

农村小伙的呼吸机变成电动后，阿拉坦花人都喜出望外，全村徜徉在过年过节一样喜庆的气氛里，人们奔走相告，大家聚集在小伙子家门外，从窗户好奇地张望“机器人”到底怎么样挤压气球。乡亲们得到了解放，然而更多的是为何永财的父母能够稍省一些心而感到高兴。

“哇，我们的白龙真是巧匠啊，赤手空拳制造出了机器人！”

“白龙不仅救了他一个人，而是救了我们一家人啊！”

“实际上是救了整个村的人啊！”全村人都非常高兴。

当我们去采访的时候，白龙制作的第一台机器，已经圆满完成使命搁在外屋。

技术员白龙笑呵呵地介绍他第二台机器说：“原来的机器已经工作两年了，怕哪天突然坏了，所以又制作了一台小一点的机器。”他总结制作第一台机器的教训，减少差错，进一步精工细作，制作出了比第一台机器小一半体积的新机器。它非常轻巧，能搁在壁橱里。“因为声音小，也不影响永财的睡觉了。”孩子他爸高兴地说。“农村嘛，风雨大了就时常停电。那时，乡亲们又要值班了。”想到这里白龙又给机器配装了蓄电池，但是如果遇到停电几天几夜，就又得麻烦村子里的人了。

“等种完地了，我想给他们制作一台风力发电机。”白龙说出他的打算。“儿子离不开他的白龙哥了，一天看不见他就东张西望。”母亲激动地说。何永财对于白龙的感恩自不必说，白龙用智慧与辛劳将他从死亡的边缘拉了回来。“孩子经常说如果能够自理了的话，一定要好好回报乡亲们的大恩大德。”父亲补充道。

聊到他今后的打算时，白龙带着无限希望说：“从小没有好好念书，没有远大抱负。只希望能够学透修车技术。”和我们一同去的音德尔镇镇长秦长江说：“旗领导对你们家的生活情况非常关心，也对你这个技术员很是佩服。种完地去长春看一看，找合适的学校学一学技术，学费镇里给出。”

这样和谐的一幕就这么真实地出现在这个小屋里。这样心灵手巧的人、慈悲心肠的人，开阔眼界、积累知识后，相信回馈给社会的会更多!

山沟里这座蒙古族村庄的确有些贫瘠，但却又是那么的“富裕”，这里充满着爱，充满着人性中最闪光的东西——善良！相信，这座圣洁的蒙古族村庄将会续写更多感人的故事。

第十一辑

# 温暖的季节

# 北斗七星

接女儿下晚自习，到小区院子里已经是晚上九点了。夜空中布满星斗让我觉得如梦如幻，我同女儿一起斜倚着车门看星星，感觉已经好久没有像这样仰望星空了。看了一会儿，大体还能找出初中地理课上学过的大熊座、小熊座、仙女座等星座，与牛郎织女故事有关的猎户座以及天空中最亮的启明星。不过，谈论最多的还是勺子形状的北斗七星。

北斗七星在我们科尔沁地区被称作圣佛七星。古时候，人们用勺子把手部位所指的方向区分一年四季。对于居住在北半球的人而言，北斗七星是再熟悉不过的，那是我儿时的珍贵记忆之一。据说每个人都拥有一颗星，当人们去世的时候，你的那颗星将会划过天际成为流星。这七颗星真是性格各异的七位老寿星么？儿时天真的想法让我禁不住心潮澎湃。家乡的那些老人赋予了我智慧与探索精神，今夜，我追寻天空中的星光，用光的速度穿越我童年的记忆。

我现在给你讲一讲铭刻在记忆深处的那些有关圣佛七星的故事吧。他们给我的童年赋予了阳光雨露，具有菩萨心肠的七个老人，在人们心中种下了真善美的种子。

## 橘子糖

兴安屯坐落在山谷入口处，屯里有一个小商店。小商店里卖些生活用品，比如茶、盐、枣、糖、厨具等，农用工具也有一些。不卖布匹、粮油，那会儿这些都是用布票、粮票才能买到的定量供应的物品。

商店里有橘子糖，颜色杏黄，形状像橘瓣儿，具备了橘子和糖果混合的味道。深夜里，橘子糖是村里孩子们甜蜜的梦，白天是他们生活里不可或缺的追求目标。那时候，不论是白天或黑夜，只要一想起橘子糖，口水直流。为了平分橘子糖，我们哥四个曾做过许多次科学试验。橘子糖是两头薄，中间厚的，平分成四块时得到厚的部分的兴高采烈，而分到薄的部分的却垂头丧气。最后我们发明出了捣碎平分法，把橘子糖全部捣碎成小颗粒之后放在纸上，用格尺均分成差不多的四份，差距很小。不过这样做的弊端就是颗粒状的糖放在嘴里含不了多久，刚尝出味儿来就化没了。

商店里站柜台的是岳苏图舅爷，曾是大队秘书，随着年龄增长图个省事儿，自己要求在商店里站柜台了。岳苏图舅爷一条腿残疾，从我记事起他就拄着拐杖。听父亲说岳苏图舅爷是因为年轻时从山里砍柴回来时累坏了，睡在了车上，大冬天的，汗流浃背地睡在冷飕飕的寒风里能有个什么好，到家了自己没能下来车，就落下了终身的残疾。

那时候的家长没有闲钱给孩子们买糖，所以孩子们只有站在门外眼巴巴地望着橘子糖咕嘟咕嘟咽口水的份儿，哪怕用手指戳一下或者舔一口的机会都没有。

后来岳苏图舅爷想到了一招，他想起供销社回收一些破铜烂铁、旧绳子、碎骨头等。于是允许村里的孩子用旧铁皮、旧绳子、碎骨头这些破烂玩意儿换糖吃。这让我们开心得像逢年过节一般。我们立刻对村里垃圾堆、大队仓库墙角、打谷场等重要目标进行了大扫荡。刚开始的时候真的能找到一点东西，比如：破洞的铁锹、磨损成薄片儿的马蹄铁，拿去换三两块糖的事时有发生。到后来，连这些东西都寻不到了，有时好几天了才碰见一个小东西，只能换来一块糖吃了。村里的旮旯胡同顿时干净了不少，我们扫荡过的垃圾堆狗都懒得去找骨头。

“呦，小可怜，是乌力吉老师家的小馋猫来了。把旧铁皮给我，爷爷给你称一称。哎，可惜还差一点了，下次把缺的这点儿补上。”说着给了一块糖，我马上放到嘴里，一溜烟儿跑了。小孩子也有小面子，第二天，为了不缺斤少两，我付出了极大的努力。

岳苏图舅爷的两个孙女德力格尔胡与花拉，也跟着我们在垃圾堆旁溜达，寻找一些零碎。那时候的人都很正派，所以也没有特殊关照的习惯。如果找到新的碎骨头，村子里的狗都成了我们的宿敌。

村里的街道彻底干净了，破布条、烂鞋底、断麻绳、磨损的马蹄铁、碎骨头都不见了踪影。有一次母亲派我去岳苏图舅爷那儿买盐，他拿盐给我后，说：“小馋猫啊，如果找不到破烂儿了，用你爸看完丢掉的旧报纸书刊也可以换糖吃。前几天我看到供销社里还回收旧书纸盒子，报纸书刊等东西也就你家有，不是吗？”

那时村里识文断字的人没几个，岳苏图舅爷就是其中之一。据说岳苏图舅爷也是条汉子，他从车上下来就变成了一个废人，他的双腿弯曲，不能伸开，下不了炕。有一次他趁家里没人将墙角里立着的米袋拽下砸在膝盖上顿时痛得昏死过去，从那之后他可以伸直一条腿，拄拐能走路了。中华人民共和国成立后，村里建起了小学。就连村里十二三岁的孩子都被统计在案，分在了一年级念书。岳苏图舅爷那时候都已经快三十岁了，因为身体残疾，终日无事可做，听到这信儿，就直接去一年级跟着孩子们一起学习了，短短两年之内学完了四年的课程。后来，去了吐列毛都中学继续学习。因家庭经济条件有限，交不起学费时，老师们被他的毅力打动，免去了他全部的学杂费，让他继续念了书。岳苏图舅爷心灵手巧，会编柳条筐和炕席，于是每逢周末他就去地里背高粱秸秆儿，晚上在学生宿舍编炕席卖。那时候一张炕席能卖到四块钱，这钱不仅足够他的伙食费，余下的竟还能补贴家里。同窗们年龄都比他小，晚上帮他剥皮、浸泡、刮瓤子。就这样，兴安村多了一个识字儿的人，在大队秘书的位置上工作了多年。

吃到用书刊置换的糖块儿没几天，父亲发现书本少了，于是他领着我去商店找书。幸亏岳苏图舅爷并没有把书刊当作废纸卖掉，而是放在柜台里，闲暇时他正在读这些书刊。

“孩子他舅爷，若是想看这些书，我让阿龙时常给您送来好了。有用的、重要的我单独给您打包，看完原样退还就是了。”父亲微笑着说。

“越看越觉得，书是个好东西，书籍有让人醒悟、懂事的功能，我读书就像孩子们馋橘子糖一样有瘾了。”岳苏图舅爷羡慕地说。

就这样我有了“秘密”工作，送父亲的旧书籍或者一有新的报刊，我就抱起来奔向商店。村里孩子们都吃不到橘子糖的时候，只有我能吃到，这真是天大的幸事！

想尽办法、绞尽脑汁地让孩子们吃上糖果的岳苏图舅爷，在大家心里成了满足所有心愿的虚空藏菩萨，孩子们围绕在他身边，他就乐开了花儿。

沁人肺腑的橘子糖味道的童年就这样铭刻在我心里。

## 木匠爷爷

兴安屯坐落在山谷入口处，屯里有一位木匠，是商店卖货员岳苏图舅爷的堂弟。

木匠爷爷的真名叫吉雅图，这名字也是后来听大哥说了才知道的。

小时候全村人都管他叫木匠爷爷，以至于我连他真实姓名是什么都没记住。因为附近的几个村子里只有这一个木匠，所以做柜子、修农具、造棺材、搭房梁，人们都要抢着请他来做。因为木匠爷爷一个人生活，所以请他做活儿的人家自然承包了他的一日三餐，做完活儿了便给他一些粗粮、青菜就算工钱。因为屯子里大多人家手里都没有现金，很多时候都是以物换物。他也是给什么都收着，给多给少他也不会争辩，是个直爽豪放的人。

有一年，我家请来木匠爷爷打书柜儿。那会儿我才十岁，在村里的小学念书，就成了木匠爷爷的小帮手，整天围着他转，又忙着给他端茶倒水。头一天是给木材去皮，第二天，将去皮的木材斜着立起，用墨线弹在上面，做了标记就开始锯木材。锯木材时我帮不了什么忙，表叔过来帮着拉锯。我坐在边儿上，叨咕着："扯大锯，拉大锯，姥姥家里唱大戏。接姑娘，请女婿，就是不让冬冬去。不让去，也得去，骑着小车赶上去。"第三天开始将木材锯成长短不一的几种形状，开始了钻眼儿、凿空、刨光的工作。刨木时刨出来的刨花儿，被我当成飘带玩弄的时候，木匠爷爷给我锯了许多形状各异的零碎板块儿。果真厉害，我刚将那些零碎当成积木玩具整齐地堆放成城堡、桥梁，妹妹不知从哪儿冒出来了，她要把我的积木全部收走。

"你没长手呀，自己找去！"我生气地说道。

“你要不给我，我就去找妈妈告状！”妹妹马上翻脸。

“可以给你一半儿。”我见势不妙，服软了。

“妈！你儿子有很多积木玩具呢，就是不给我玩儿，还吓唬我。”妹妹声色俱厉地冲屋里喊。正忙着准备餐饭的母亲从门旁的小窗探出头来：“赶紧地，都给你妹妹，当哥哥的也没个哥哥样儿！”说着转身走进去了。木匠爷爷看着坐在一旁没精打采的我，就说道：“爷爷给你锯俩车轱辘，把这块板材锯了就成车厢板，你去找一根能做车轴的铁条去。”我立马“嗖”地站起来，健步如飞，进了仓房，那里墙上可是挂了许多铁条的。

有木轱辘的车可真好，用细绳拽着跑时后面扬起尘土煞是壮观。抓起几把干草绑在车上，当作是在拉柴火一样跑了起来。拿去给东院儿的德力格尔胡和花拉炫耀时，她俩屁颠屁颠地跟着我形影不离，我都乐开了花儿。把我的小花猫放在车上真是再适合不过了。我把妹妹的画册驮在小木车上，让小花猫拉车，车在炕上来回转圈儿。妹妹看到了就说：“把我的书拿来。”我连忙把册子扔给她，火急火燎地要逃走时，妹妹说：“要是不让我玩一会儿，我就去告诉妈妈。”

“哥哥再玩一小会儿，你稍等一会儿……”刚说到这，妹妹就胡诌一气说：“妈，你儿子不给我玩小木车，他给花拉玩儿，就是不给我玩儿……”

“你是当哥哥的……”我两手空空地出来了，木匠爷爷见状哈哈大笑着问：“又被抢了？好好给我沏杯浓茶，爷爷就给你们做一对冰车子，这样你俩就不用抢了。”听完我就巴巴儿地帮着忙乎起来。

带着冰车我来到了水井边，大人们将饮马剩下的水倒在离水井稍有些距离的斜坡上，那儿便成了孩子们滑冰的场所。我的冰车较别人的特别一些，有四四方方的座位，后面还有椅靠，甚是豪华。我在冰车上驮着东院儿的德力格尔胡，从斜坡上滑下，鼻涕直淌抹到衣服袖子上，袖子冻得硬邦邦的像炉筒子。我被汗水和泥巴搞得像小花猫似的回到家时，妈妈严厉地说："把妹妹一个人丢在家里生闷气，你可野够了？晚上再跟你算账，赶紧滚蛋，接牛羊去。"

时间过得可真快呀，今年清明回老家，在妹妹家暂住。一天夜里花拉来妹妹家串门，我才知道她在阿拉善一所中学教书呢。她们聊了许久，我偶尔插一两句，然后就扒拉手机了，无意间却听见了有关木匠爷爷的回忆。

"你还记得天津来的知青老师黄晶不？"花拉问。

"咋不记得呢，像仙女一样呢！"妹妹羡慕地说。

"我们为了学晶晶老师，穿高跟鞋，还把玉米棒子当鞋跟绑在鞋上崴伤了脚。"

"我在鞋跟儿垫了三层毡子，鞋都不跟脚了，老师点名，上讲台写名词解释时丢了鞋子还闹出笑话来着，呵呵。"

"记得有一次我刚好摔倒在木匠爷爷家门前，木匠爷爷看见我的鞋笑着说：'爷爷给你做个稳当的鞋跟儿吧。'说着没多会儿就做好了细长的鞋跟，用胶粘在鞋跟处又用钉子加固，还用墨汁染黑，用亮油子擦亮。那会儿你们都越看越羡慕我的高跟鞋呢，记得吧？哈哈……"

时常给孩子们带来童趣的木匠爷爷在人们心中成了吉祥佛的模样。

具有菩萨心肠的木匠爷爷，他那叼着玉石嘴烟袋，斜着眼睛瞄线儿拉锯的慈祥样子时常浮现在我眼前。

## 乡村医生

兴安屯坐落在山谷入口处，屯里有一位乡村医生。大队特意给他分了房，把那个商店东边的三间房分给了他，用一间做起居室，一间做仓库，一间做工作室。

乡村医生给我留下的最初印象很特别。记得那时候，一大早的，我们还没起床呢，他老人家手里拿着一个像痰桶一样的容器，放在我家墙角，然后让我二哥在那里边撒尿。二哥憋了一宿尿，撒欢儿，把那个容器尿得满满的，上面还漂着一层泡沫。老人当场就伸个大拇指夸他："好孩子真棒，你这小小的肚子怎么就装得下这么多尿呢?"二哥就无比地自豪。小孩子嫉妒心理特强，我那时候就是想尽快长两岁，到了八岁，好好地给老爷爷来个"尿漫金山"（八岁孩子的尿可入药，也可以做水丸时候用）。

我们哥儿个，一有空就会跑到乡村医生那里帮忙，说是帮忙，真实目的只有一个，还不是为了能吃到老爷爷的冰糖。我们的主要工作是做药面儿。草药还行，很快碾成面儿，碰到坚果、树杈、骨化石、犀牛角等东西就难多了，推那药缸里的轱辘浑身汗流浃背，上气不接下气的。可是筛子筛过了，剩下的还是那些药渣，再三重复，就是不见药渣减少。尤其是下雨天的话，药渣子受潮，那就完犊子了，用九牛二虎之力，也不见得有什么进展。最后老爷爷看到了，就用铜锅烤干药渣，那就好多了。碰到"硬茬儿"的天儿，赏赐的冰糖就略大一点，所以很快就把浑身的酸痛忘得一干二净。

有时也制药丸。把蜂蜜、黄油或者用童子尿和好的药面儿拿在掌心搓成长条状，像做猫耳朵汤一样截成团儿，再把那个团儿揉成圆球状，放进柳条簸箕里，上面撒一些朱砂，使劲儿筛动，就做成了药丸子。

在医生看病的时候，有时会碰见有趣的事。有一次，村里的松吉德玛奶奶来问："大夫，快给我看看，胃肠不行了，吃点东西就胀肚难受呢。"

“哦，最近饮食情况咋样？”医生爷爷观察过舌苔又仔细地问道。

“实在吃不进去了，新做的荞麦面饸饹，划拉三碗就撑得不行了，实在是吃不了了。”

“据我所知，您今年有七十四岁了吧？”

“已经七十五了，再艰难的日子也都熬过来了，也不知道怎的就活到七十多了。”

记得那会儿我们村里面食都用大碗盛，我时常想老奶奶若是胃肠好，不知能划拉几碗呢？

医生爷爷将药物分装成三种。早上服的药是立体包装，晚上服的药是扁包装，中午服的药或者是特别要重复吃的，煎的药都是大包装。现在想来，也是为了让没什么文化的乡亲们容易区分而想的笨方法。要用很多种药引子，竹叶、枣子、红白糖、黄油、大米，等等，种类繁多。现在医生们都不用药引子，医生爷爷说药引子是把药领到病灶里的“带路人”。医生爷爷的话不多，可是铿锵有力，鼓舞性很强。

“先把这三天的药拿去吃着，三天后再来取药，到时候，依孩子的病情再给你调药。”

“这是你家孙子啊，小家伙儿长得好俊哦！是积食导致的，没多大问题，回去吃两天消化药自然好了。”

“是肝病，要想根治就要喝几个月的汤汤水水了，但酒一定要戒掉，不然吃多少药都是白费。”

……

乡村医生沉稳的性格总能为病人带来自信的力量。病人大都手里没钱，他们总是过意不去地说：“这次又要赊账了。”一个劲儿地摆弄着手指，拽着衣襟，显得非常难为情。

“医生大伯，药钱等我攒些鸡蛋换钱了就给你送来。”

"哦，知道了，没关系的，回去好好吃药。炖药必须把握时间，慢火熬制，剩下一小碗汤药即可，炖太短，会影响药效。"

一生中不知拯救过多少人的性命，让人们远离病痛的医生爷爷在大家心里定格成了药师佛一样的存在。

医生爷爷的义子、过继子、干儿子……凑成一个排，绰绰有余。许多都是从阎王殿门口救回来后，在患者父母坚决要求下认成的。

最后，告诉大家，笔者避讳乡村医生爷爷的名字是有原因的，我父亲就是乡村医生的若干个义子之一。

## 炮手爷爷

兴安屯坐落在山谷入口处，屯里有一位远近闻名的猎人神枪手，他是乡村医生的拜把子兄弟。

小时候时常下雨，让人觉得好像下雹子也多。现在明白了，我家刚好住在冰雹带，可能是因为吐列毛都的山口风是从西伯利亚直接吹进来的。

每到下冰雹的时候，炮手爷爷就架好那个架子炮，冲天开炮。孩子们为了看他打炮，纷纷跑向大队院子。炮弹要从筒口放入。炮手爷爷把炮口对准黑压压的乌云，用双手小心翼翼地握着炮弹，再三强调人们往后退，避免哪个淘气包被炸伤。接着大声喊"一二"，还没数到"三"就咚的一声发射了，冲着风婆雷神开炮的炮手爷爷很像神话里的英雄。放完几炮，浓浓的云团就翻滚着弥散开来。没过多久，风像是要将树木连根拔起似的席卷而来，从弥散开的浓云里硕大的冰雹和雨滴噼里啪啦地砸下来。又没过多久，三条山谷的山洪下来，漫过村东头的大坝直捣村里。不一会儿就传言，某某家的酱缸漂走了，谁谁家的田垄淹没了，等等。

据说炮手爷爷年轻时是个炮兵，在抗美援朝战争中打过美国兵。炮手爷爷的射击技术非常好，复员后，当了二十多年的民兵连长。他也是远近闻名的猎人，村上的孩子们整天在他家附近转悠，想看他打了什么野兽，何时炖猎物等。祸害集体庄稼的野猪，咬杀大队羊群的狼，以及漫山遍野的狍子、野鸡、兔子、獾子等猎物的肉，炮手爷爷从不吝啬，炖好的肉香味飘满大街，孩子们拿上自家大碗去，就能吃得饱饱的。

我十二三岁的时候，有一回跟着炮手爷爷去打猎。那会儿，北边有一群狍子冲下来破坏了一大片庄稼，这不刚好成了炮手爷爷大开杀戒的机会了么。他指了指溪水口让我去那边蹲守，自己从山坡口斜插进来，趴在山崖瞄着山坡。我在谷底大喊，吓跑了狍群，它们立刻冲向山坡，炮手爷爷从侧面瞄准，狍子腾地而起，越过灌木丛时就开枪。我们把打下的狍子丢在山沟，决定徒步回去。这时感觉饥肠辘辘，连抬脚都费劲了。到了谷底的小溪边儿，炮手爷爷从兜里掏出两块拳头大小的蒸好的狍子肉，给了我一块。喝着山涧泉水，吃着蒸好的狍子肉真是惬意，那是一辈子也忘不了的味道。吃完从小溪边往回走的时候感觉腿肚子有劲了，好像再跑上半天也没有什么问题。

“打猎过瘾了不？孩子，腿都要迈不开了吧？是不是想着再也不跟来了？”

“明天要是出来，我还跟着，行吗？”

“呵呵，行啊，孩子，吃了块狍子肉精神起来了哈哈！”

“炮手爷爷，你打过熊吗？”

“三五头熊还是有的，猎得的肉都分给村民吃了。”

“猎人有忌讳的，有的季节不猎杀雌性动物，也不会为了争抢猎物而打架。祭祀禁猎的山头不准打猎，不是碰上什么都可以猎杀的。现在的年轻人总是用一些化学药物毒杀狐狸、野鸡等，这不叫打猎，这叫没人性，只能说是做了一些畜生才能干的蠢事。我的孩子，你要记住这些，永远不能贪图用猎物换取钱财的事。虽然我打了一辈子猎，却从未独占过猎物，因为猎物是上苍的恩惠，谁也不能够独享。”说着他整理好背上的枪支，加快了步伐。

后来，炮手爷爷老了，国家也明令禁止打猎，连枪支都收走了。偶尔，炮手爷爷喝点酒，高兴了讲一些年轻时的故事。大家都觉得是天方夜谭，觉得老爷子在信口开河地吹嘘呢，炮手爷爷也不跟他们争论，眺望天边的山峦，久久不再言语。

据说炮手爷爷年轻时脾气火暴。“红卫兵”闹革命的时候，我们村有一派专横跋扈，成了土霸王，欺压百姓，置人民于水深火热之中。他们的头头儿叫国军，刚好住在炮手爷爷东院。那年除夕夜炮手爷爷拿着猎枪出去，向着天空咚咚咚地打了好几枪。土霸王不知什么情况，急忙跑出来问：“这爷爷，深更半夜的你要干吗？”炮手爷爷说：“过年呢，老子没钱买炮仗，所以打两枪哄孩子玩呢，没想到还走火了。”说着瞄准他们家房顶又打了一枪。土霸王头发都竖起来了，吓得差点尿了裤子，啥话都没敢说就回屋了。听说从那以后他真收敛了许多。

炮手爷爷左肩膀受过伤，在山上狩猎的时候碰到野猪，为了救同行的朋友，自己徒手猎猪所致。

左手有两个断指，是用迫击炮射云（六十年代）的时候伤的。一颗炮弹放进去好久都没爆，炮手爷爷走近时却突然爆炸了，差点要了他的命。

胆敢向着风婆子雷神放大炮的炮手爷爷，在孩子们的脑海中变成了神话英雄，把猎物分享给孩子们吃的可爱老头，在人们心中幻化成了“斗战胜佛”那样的神祇。

像神话英雄的猎人在我心中播下了智慧的种子。有时回到故乡看见山林，总能使我想起儿时记忆里的猎人，心情久久不能平静。如今故乡的狩猎文化彻底消失了，仅剩下田鼠的山村，打猎成了远古的神话。

## 笑星爷爷

兴安屯坐落在山谷入口处，屯里有一个笑星爷爷，说起来还跟我沾亲带故的，是我那木匠爷爷的表哥。

科尔沁农村地区很早就流行起秧歌了。机灵搞怪的笑星爷爷总是扮演猪八戒。他是天生的喜剧演员，在举手投足之间，能瞬间将角色演活。背起耙子，步伐踉跄，演绎八戒困倦神似梦游的状态。碰见小孩子，就拿起耙子吓唬一下，寻开心。要是碰见村里的漂亮媳妇，就把耙子夹进胳肢窝，挥舞着双手，抓耳挠腮，拉着大耳朵，伸出舌头，摆出要熊抱的样子，吓得年轻媳妇们哇哇乱叫。真要是遇见年龄相仿的大姨婶子们，直接把人家背起来就跑，老不正经的样子引人发笑，搞得节日的气氛好不热闹。

孩子们本来跟着孙悟空跑才对，但大伙都喜欢跟着猪八戒，也是怪哉，如果是电视剧情，这是属于抢戏了。

笑星爷爷有一次去代钦塔拉学校看女儿。平日里在家的时候父女俩非常亲近，有说有笑的。但在几个女同学前女儿却略显拘谨，指头卷着发梢，不知说些什么好了。搞怪爷爷决定让女儿不好意思一番，就在她汇报学习生活起居时坐在木椅上东倒一下放个屁，西歪一下放个屁，连续放了七八个屁脸不改色。用眼角余光打量着其他人的面部表情，观察着大家的脸色从白皙变得微红，当放到第九个屁的时候，宿舍的女生们忍不住了，哈哈大笑纷纷跑了出去。女儿绯红的脸颊一直红到了脖子根儿，哭着说："爸，你把我的脸都丢尽了。"他回来后把这个事当成了笑话讲给人听。

笑星爷爷有一次同村里的几个年轻人一起去王爷庙送粮食，同行的有十多人。过了六户，找到一个大车店的时候天色已晚，大车店里人满为患，已经没有地方歇脚了。大车店就是现在的简便旅社，是赶车的人休息的地方。床铺是能容纳二三十人的大通铺，地中间烧炉子取暖。睡大通铺有个事要注意，尽量少喝水，夜间出去撒尿，回来时你睡的地儿肯定找不见了。木板床上躺满了人。

笑星爷爷央求掌柜的，说："我们都是出门在外的人，都非常疲惫，没床铺也没关系，我们可以打地铺对付一晚。"

"出入的人不小心踩扁脑袋，缺胳膊少腿的，可不是我们的责任。"掌柜的说着，很为难地答应了他们的请求。笑星爷爷对身边的年轻人说："要想睡个好觉，就把棉袄里露出来的棉花沾湿堵住耳朵，一会儿就有睡铺了。"大家都不相信。

他在炉旁叼着烟袋，闲坐的时候跟没睡下的几位嚼舌根问人家是哪里的。人家一说他就接上了："你们那儿，有个叫旺盛的人，是个很幽默的主儿。"打开了话匣子，幽默笑话就发挥了魔力，已经躺下的几个也从铺上下来了，又有几个披上衣服也下来了。在要掀翻大车店房盖儿的大笑声中，原先睡在地上的十几个小伙子都上铺睡了。笑星爷爷的笑话延续了大半夜。笑星爷爷看大伙儿都上铺睡了，也打了个哈欠，说一声都睡吧，时候不早了，自己上铺挤在同行人中躺下了。在底下听他讲故事的人们都傻了，再想上铺睡觉已经没地方了，只能在地上打地铺。村上的年轻人个个都休息好了，第二天起来后都非常崇拜他。

"他怎么就知道那么多幽默故事啊？"话音刚落，车把式洛布桑就羡慕地介绍说，"前几年去乌珠穆沁额吉努尔拉盐，走了两个月，每晚的故事都不重复，真是个故事大王呢。”

每到生产队干活儿的时候，各组都抢着要笑星爷爷，队长就安排他轮班在各组中干活儿。

刚走到要铲地的田垄就听到：“大伯点好烟在前面就行。”爷爷卷好烟，背着手走在大伙前头，左右踱步，开始讲故事。后面的人挑俩手脚非常麻利的，两个人之间多铲一条垄，在欢笑的气氛里，不紧不慢地前进着。嬉笑怒骂之间忘记了饥渴，也不吵着要休息了。到晚上一数，竟比其他组多铲了不少垄。

到了夏夜，笑星爷爷家门口围坐里三层外三层的人群，里边儿围坐着村里的孩子们，第二圈是妇女和老人，第三圈则是站着吸烟的老爷们儿。笑星爷爷端坐在中间，盛满热茶的粗口玻璃缸放在四方石头上，刚要开始卷烟，围坐在第二圈的妇女们争抢着给卷烟，不一会儿就给他卷好十来根。村里妇女们用口水卷过的烟，他巴不得一口吸到肚子里，几乎不吐烟，全部吞进去就开始讲故事了。听他讲着敖包村满金的笑话时，一个人说：“得，这又是在说我们村里丹巴大伯呀。”大伙儿跟着嚷嚷起来：“可不是么！”附和声此起彼伏。有时大人们为了吓唬我们小孩子，就说：“大爷儿，这回讲妖怪吃小孩儿的故事吧。”胆小的几个小孩表现出害怕的样子，有的女人护犊子不让讲那些恐怖的，要求讲最过瘾的，要么讲最好笑的。

那么多故事哪儿能记得过来？这可都是三十年前的事了。有一次笑星爷爷要讲春节里的故事，在他卷烟的时候，坐在第二圈的查森花阿姨笑大劲儿一时没绷住，居然放了个响屁。

“到春节了，孩子们满街跑，旮旯胡同里鞭炮炸响，查森花儿媳妇的大炮更响……”听到这儿，大家捧腹大笑，用力拍着地，扬起尘土。

跟人家祖孙三代同样开玩笑的笑星爷爷是我们村里的传奇人物，他身后总有着一大帮孩子跟他嬉闹，他觉得好开心；时常给村民带来欢乐的搞怪爷爷，大伙儿都说他是弥勒佛下凡，不是一般人。

他并没有将艰难困苦的贫穷生活当作清汤寡水来品尝，而是用智慧的艺术、宽广的胸襟与坚韧的毅力来度过漫长的岁月。为人们冰冻的内心，送去光和热的笑星爷爷，身后化成了星辰，一闪一闪地跟孩子们调皮着。

## 山村里的经济专家

兴安屯坐落在山谷入口处，屯里有一位可被称为经济专家的人，他是在村子兴建初期就来安家的巴拉丹爷爷。

巴拉丹爷爷是北斗七星里遭遇最可怜的人。

如果说谁有像神话一般传奇的人生，巴拉丹爷爷就是一个活生生的例子。巴拉丹爷爷的儿子是我父亲的学生，前阵子刚刚碰见过，是个做进出口贸易的富商。与我父亲聊天的时候，他竖起大拇指，指着自己的鼻子说："我家都有做生意的基因。是犹太人式的优秀基因，想来是世代相传的血液里流淌着如此基因。"

巴拉丹爷爷是个手脚麻利的人，与人交往时大方得体。伪满时期他在吐列毛都警察署效力，掌管后勤工作。这工作就好像是给他量身定做的，警察署里因各种案件处罚没收来的财物到了他手里之后就像蒸发面馒头一样膨胀。到后来因他能说会道，警察署长把邻里间的一些纠纷也都交给他处理，自己落个清闲。

再后来，日本人在吐列毛都南边三龙山上修仓库，抓劳工挖山洞，警察署成了日本人压迫陷害当地人民的工具。他深感绝望，脱下那身黄皮，回家当了农民。再过两年，日本倒台了。巴拉丹爷爷从高力板往回走，路过杭嘎里湖边的时候，发现了日本鬼子逃跑时丢下的胶轮马车。看到无人认领，巴拉丹爷爷欣喜若狂，想来是因为胆大，就把马套在车上，将另一辆链在后边一同赶回了村。就这样成了兴安屯（那时候叫旱谷屯）的土财主。值得夸赞的是，巴拉丹爷爷有什么好东西，从不独占，而是用在邻里大伙生产生活中。后来解放了，成立初级社，在集体化工作中更是毫不吝惜地把马车都奉献了。

土改时，额木庭高乐镇兴建时就让巴拉丹爷爷去管理后勤工作。眼见新社会让老百姓翻身当家做主的情景，使得巴拉丹爷爷成了党的土改政策的优秀宣传员。由于是新建的镇子，日常开销大，也没有任何存款和拨付物资。不管手头多拮据都没有办法去向上级要，因为上级也一样一无所有。所以巴拉丹爷爷向镇长汇报，决定在春秋时节用两辆胶轮车从乌珠穆沁额吉努尔（盐湖）往回拉盐。冬天的时候去王爷庙，进了一些过年的用品拉到各村里去卖。不到两三年的光景镇政府富了，阔绰的花销惹来了其他乡镇的妒忌。随后便传出了额木庭高乐镇让伪满时期的警察牵着鼻子走，新社会倒退要回到旧社会了，等等。造谣的言论铺天盖地席卷而来，镇里的压力大了，没办法，就让巴拉丹爷爷回家了。接替他工作的人稀里糊涂吃老本，没过多久就把两匹马养死了，晒成肉干吃没了。镇里通知巴拉丹老人，把车还给了他。

虽然损失了马，但是有牛也可以拉车，所以巴拉丹爷爷依旧很开心。巴拉丹爷爷会讲些汉语，订阅几样报纸，常常把上面新事物新思想宣传讲解给村里百姓，所以村党支部开会让他担任党的思想宣传员。后来又给他加了经济规划员的称号，主管全村农牧业经济事宜。那一年与村民一起上山砍柴，烧成木炭，拿到突泉、高力板去卖，让村里老百姓过上了一个富足年。巴拉丹爷爷特别喜欢孩子，兜里时常揣着水果糖，见了孩子们就分给一些。我们院里的青菜瓜果还没下来时巴拉丹爷爷家的瓜果就下来了，所以他家院子是孩子们的天堂。

后来巴扎拉嘎公社建起后，要在公社开办供销社，找合适的人选时，巴拉丹爷爷又被选中。他在开办供销社的工作中全力以赴，并且把自己的两辆车入了股，入股分红兴安屯的人全都有份子。辛苦了两年，巴扎拉嘎供销社又出名了，成了全旗最大的供销社，商品种类齐全，管理井然有序，经济效益逐渐提高。这又让人心生嫉妒，社会主义的供销社找了伪满警察来管理的流言迅速扩散，使巴扎拉嘎苏木政府不堪舆论压力，实在没办法，又让爷爷回家了。

回到了村里还是闲不住，带领村民割柳条，编柳条筐，卖到南部的平原地带，提高了村民收入。兴安屯的人们开始有零花钱，家家买了暖壶，窗户安上玻璃，向阳牌收音机开始流行。刚过上两年好日子，割断“资本主义的尾巴”的运动开始了。首当其冲的肯定又是伪满警察巴拉丹爷爷。一开始，白天把他关在牛棚，到晚上放他回家。村民白天虽然不去关押重地看望他，但是到了晚上，却三五个地聚在爷爷家，家长里短等着爷爷给出主意。不管是多么棘手的问题，巴拉丹爷爷总是能巧妙地解决。特别是家庭纠纷，兄弟间的矛盾、夫妻间的吵架都能很好地化解。大家都把他的话当成是包拯的话一样信奉。

后来把他定为管制对象，决定让他扫大街了。要不整天被关在牛棚里无所事事，像笼子里的动物一样他是非常难受的。如今，把他放出来了，每天能呼吸新鲜空气，活动开手脚，见到形形色色的人，巴拉丹爷爷满心喜悦。巴拉丹爷爷扫大街就像扫自家院子一样，那样悉心地清扫干净，先扫哪块、再扫哪块都安排得井井有条。扫完街就干生产队里最脏最累的活，他也是毫无怨言。

那几年村里的人连种园子都不行，种园子沦为走资本主义道路。虽然巴拉丹爷爷实在不喜欢这样，明面儿上也不能对着干，所以偷偷地跑到野外，找个僻静的地方种了一些瓜果蔬菜，照样能尝鲜。大家也开始学他，悄悄地到野外开垦荒地种菜。别的村里的人都没有青菜瓜果吃，干巴巴地啃着玉米面大饼子，我们村里的却悄悄把野外种好的瓜果带回家里来吃。到现在我们村都没丢掉这个习惯，野外田垄上种有豆角、角瓜、倭瓜、香瓜、西瓜等。一到夏末秋初，村里的孩子就能吃上又大又甜的瓜果。

巴拉丹爷爷扫了十七年大街，最终病逝了。“文革”十年里把他整得很惨，没日没夜地批斗，辱骂棍打，吊房梁，站板凳，夏天烤火，冬天泼水在外面罚站，不停地折磨。就在去世前几天，他还跟我父亲和叔叔开玩笑说：“以后富裕幸福的日子一定会到来，我唯有一点不放心，我们村里人懒惯了，没有我给你们扫大街，到那时候不管多富裕，街面儿上堆满垃圾就麻烦了。”他的预言今天居然成真了。

七十年代末期改革开放的春风刚吹进来，大兴承包制改革，鼓励一部分人先富起来的时候，作为村党支部书记的叔叔，再三念叨起巴拉丹爷爷，惋惜地说：“这么好的社会，巴拉丹爷爷要是还健在，他可是见多识广，会做买卖，一定会带领大家早早地发家致富的。”

一心想着带领村民发家致富的巴拉丹爷爷在大伙心中成了永远的福神财神。

尽管吃了很多苦，受了很多冤屈，他也没有怨天尤人，为了创造美好的生活而努力奔波，对世间万事从来是积极面对，信心满满地展望未来的个性，深深影响了孩子们和村民。如今，兴安屯富裕了，都住着新砖房，种地养羊，开着汽车和拖拉机，想来巴拉丹爷爷在天堂都是能够看见的吧。

## 好老师

兴安屯坐落在山谷入口处，屯里有一位天降的文曲星，就是好老师。

好老师的真名是扎拉根巴雅尔，不过同学们唤他好老师并不是因为他的名字，而是每天上课的时候他总说“好，我们开始新课”“好，这说明什么”“好，我们进入第二部分”等口头禅所致。好老师一生虽然培养了许多学生，可他并不知道这个秘密。

好老师是我们村的一面文化旗帜。他是创造了村里“吉尼斯纪录”、至少有十项“第一”的人。因为当时在我们村里，拿小红本吃供应粮的人只有他一个，条件还不错，所以山村外的新鲜玩意儿，他可没少带到村里来。

打从他左手戴上上海表的那天起，学校才结束了用教师的膀胱计算课堂时间的历史。他刚买回永久自行车从学校门口骑过的时候，丁零零的响铃声中孩子们欢呼雀跃，老人们也议论起来：“这么窄的轮子上能坐稳真不容易，扎拉根巴雅尔老师真是有本领的人啊。”买了向阳牌子的收音机时大家不约而同地去他家里听哲里木广播电台播放的蒙古语说书。扎拉根巴雅尔老师虽然比中旗说书艺人的哥哥布仁巴雅尔差得很远，可是他的文艺细胞也是大家公认的。收音机、缝纫机、收录机、黑白电视这些新鲜玩意儿大部分都是“好”老师先带来的。

说起来，好老师也学他那说书匠哥哥，真的有些艺术细胞。闲来无事时，他总来我家串门喝茶，与父亲性格相合，称兄道弟，交往很好。正喝茶呢，来了感觉，就开始唱起歌来。

有一晚在我家喝茶，喝着喝着唱开了叙事民歌《王喜胜》。只见他唱着歌儿，双眼投射出愤恨的光芒，好似心中怒火焚烧。好老师身板儿像电线杆一样瘦瘦的，声音沙哑，歌声沧桑。那一夜是他让我们一家人都淹没在泪海里才回去的。到第二天晚上的时候，视民歌如生命、把他当作家庭成员的母亲都不耐烦地说："好老师今天可别来了啊，我这颗心都差点让他唱碎了，不缓几天是不行了。"

有一次，我们村里来了一个名叫哈日陶高的说书艺人，眼睛好像有点不好。好老师的哥哥早就是远近出名的大艺术家，来了这么一个名不见经传的三流艺术家，老师肯定不服。那晚，乌力格尔开始前，两人你一言我一语的，竟要以讽刺好来宝一较高下了。不愧是行走江湖卖艺的，头一天的较量，好老师输得很惨。散场后，好老师来我家，从我作业本背面撕了十几页，与我父亲挑灯夜谈，研究出了一个对策，心满意足地走了。乌力格尔开始了，至少要讲半个月的，所以第二天晚上又与哈日陶高较量起来。好老师有备而来，自然在较量中以绝对优势胜出。当时他们说的讽刺好来宝的内容，我多少年后仍记着一些。

哲回，真的是这样么
贫瘠之地，种不出高粱
文盲艺人，玩不转好来宝
盲人岂知，霍林河之流量
卖艺货郎，岂懂湖水的深浅

哈日陶高艺人从小跟着老师死记硬背学说书的，说他文盲本身就是有点过头了。接着还攻击他眼神差、个子矮的毛病，好像有多少深仇大恨似的。又抓住"哈日陶高"这名字，这名字还真是不敢恭维，是汉语"黑锅"的意思，好老师一鼓作气，开始贬损起这个名字来。

哲回，真的是这样么
蒸米做饭，是媳妇手艺
是稠是稀，关键在火候
琴弦断了，事情要坏了
锅要是漏了，那就没饭吃了
煮饭的黑锅，新买的铁锅
新媳妇做饭，铁锅却不给力
诗词作文，黑锅哪能做得来?
拨火棍来敲打，铁锅炸了咋办?

好老师这样赢了对方，让街坊邻居很是佩服。可几天之后，再来我家却是不无后悔地说："嘿，老乌，咱俩是不是太过分了？再怎么说，人家也是卖艺吃这口饭的人，咱这不是欺负人家没文化了，实在是不好。咱俩还是教师呢，居然拿人残疾说笑，真是太砢碜了，改天找个机会请求人家原谅咱吧？"

启蒙孩子们的智慧，教会他们母语，为孩子们插上才艺的翅膀。好来宝、诗词、科尔沁民歌样样不落的好老师，在大家心中定格为了天上的文曲星下凡。

我是听着说书大家布仁巴雅尔老师的《龙虎两山》长大的，所以高中选择了文科。特别喜欢扎拉根巴雅尔老师的好来宝，后来我也喜欢上了写作。好老师有一次说："我可是知晓上千首科尔沁民歌的人，如今，这手抖得写不了字了，可惜了这么多好东西要失传了。"我很后悔，如果那时在工作之余，多少做些采访记录该有多好。

关于七位老人的回忆就这样简单地收尾了。沿着北斗七星的位置，继续寻找的话，很容易找到启明星。乡下人在夜晚旅行途中，找到启明星后就能确定正北方向，就不会迷路了。所以，从某种意义上讲，小时候，北斗七星给我指明了方向，带给我光明。承载着满满恩惠的星宿在天上，为回报这份恩情，我为自己想成为一颗闪闪发亮的星星而努力奋斗着。今晚在欣赏满天星宿的同时，我也在寻找着属于自己的那颗小星。

# 我的蜕变之路

一直到初中毕业，我都是爸爸妈妈的小乖乖，老师眼中特别听话的好学生。吃着父母给做的一日三餐，坐着父母轿车到学校上课。老师讲课注意听讲，老师提问，第一个举手。年年都是班主任的课代表，与班主任的关系很好，却不像班长、学习委员那样花时间分心班级鸡毛蒜皮的事情。我也隐约发现，这些都是母亲背后搞的工作，因为母亲本身就是教师，很会算计这些事情。

可是我内心里孕育着那种像千里马驰骋草原，挣脱缰绳跑向天涯海角的渴望。所以填写高中志愿的时候我留了一手，给父母和老师看的是用铅笔写好的志愿书，写的是离家很近的高中。我妈妈就在那个学校教书。等到省城高中的通知书到了，父母惊得目瞪口呆，好像是天要塌下来了，不知道发生了什么事情。妈妈跟我质问的时候嗓子发干，频频地干咳，端着水壶和杯子，不断地喝水。水洒了一地，问题却越来越扑朔迷离，找不到合理的出处、解释和答案，一直听话的乖乖男，怎么就突然变成了叛逆典型?

那时候我想到了高尔基《海燕》里的那句话：“让暴风雨来得更猛烈些吧！”

父亲以为我是在羡慕省城学校的教育资源，从而讲了很多大道理，意在让我相信，成功主要靠的是内在因素，只要我刻苦努力，污泥里照样能开出鲜艳的荷花。他结合多年的教学经验，选用这么多年在党校讲的课程来启发我稳中求进。

我的回答是晴天霹雳："不想让我辍学，那必须送到省城高中。"

他们俩把电话打到班主任那里，询问班主任老师，是不是学校有少波喜欢的女孩子考上了省城高中？我忍不住偷笑，用一种前所未有的，胜利的、挑衅的眼神看着父母发疯抓狂。

其实我也有过彷徨，还差一点放弃。毕竟省城高中远在天边，离我们所在小城相隔一千多公里。看着他们俩不吃不喝地着急上火，急得团团转，我也有点儿后悔和不忍心。可是心里的那个自我，一个劲儿地鼓动我寻找向往已久的"诗和远方"。我在心里默念："要学会走路，坚持走出自己的路。"

我害怕落入俗套，一成不变，不喜欢已经给我规划好的人生之路。大人们用现实的眼光，给我制定了医生或者教师的职业之路。已经看到尽头的生活还有什么吸引力？没有悬念的作文怎么读下去？所以我选择了独立。只有学会独立，才有资格做出自己人生的另一种规划，自己的规划。

在省城高中学习的三年里我一直觉得生活很充实。偶尔有过那么一点孤独或无助。想念父母和家，晚上也做很多团圆梦。可是一觉醒来，未知的，充满荆棘、刺激的那条向往之路吸引着我，让我热血澎湃。寒暑假里，我在省城饭店、宾馆里充当服务生，从传菜铺床当中了解社会，观察人生。高二暑假，父母来省城看我，我把他们领到我工作的那个饭店里，我给他们推荐了我们饭店价格适中的最可口的饭菜。看到我带给那些顾客美食和满足，提供诚实愉快的服务，父母高兴地笑了。一切担心和顾虑顿时烟消云散。我跟老板请了两天假，陪着父母逛了两天街。

马上要登机了，父亲拍着我的肩膀说："我发现我的儿子是个有主见和想法的人，所以我放心了。"母亲说："我们学校王老师的孩子都高三了，还是每天早晚都需要父母接送，衣来伸手饭来张口的。我的孩子学会自立了。妈妈想通了，你的选择是对的，以后我们也会尊重你的选择。"说得我热泪盈眶。

"草，在结它的种子，风，在摇它的叶子"，在省城我遇见了顾城的诗。"面朝大海，春暖花开"，图书馆里我理解了海子的感悟。

填写大学志愿的日子不远了，我在心里已经选择了大连航海学院。将来我要读着海明威的《老人与海》远航。

# 后语

我的第一本散文集《毕业秋风》出版后已经过去十二年。

十多年时间，我走下讲台变成了一名文艺工作者，编辑的文联刊物《绰尔河》已经出版23期，并且申请到了内部资料刊号；编辑工作之余严格要求自己，以身作则，每期都要发布新作，以此来鼓励带动年轻一代；也亲眼目睹网络和手机是怎样改变着这个社会和时代，颠覆着纸质媒体和传统印刷业，好多刊物报纸挥泪下架，已成为过去。十多年时间，我也从热血沸腾的懵懂少年慢慢熬成了两鬓发白的老成持重的中年人。

《科尔沁记忆》是我的第二本蒙文版散文集，是不断前行中一次阶段性的回顾与梳理。在《科尔沁记忆》中，我的回忆和思考更为深入、完整，慢慢变成体系，记忆变得更加清晰，是与读者进行一次坦诚的分享和交流，是在十多年千变万化的世界中，从“愤青”到中年人的蜕变记录。

这十二年中，我始终坚持阅读、学习和自省。作为父亲目睹女儿的成长；作为丈夫扛起一家的重担。我慢慢退出笙歌笑语的社会饭局，开始回归家庭，将时间留给所爱之人。我坚持阅读和写作，把不得志的困苦转变成了挖掘内心深处另一种自我的探险之路。

为了出版这本汉语散文集，我失去的东西很多，这里不一一列举。最主要的一点是它影响了我的母语阅读量和母语创作思维。但是，有失必有得，也给我带来了一种全新的历练和升华。这本书的出版得到很多老师朋友的支持，其中内蒙古作协的推荐起到了至关重要的作用。刚开始搞文学翻译的时候，红军、金亮两个硕士以及学生哈斯给了我很大的支持，特别是自治区翻译家协会会员、青年女诗人包尔只金·苏叶在翻译工作当中给了我很大的帮助和鼓励。作品清样排完之后，我最好的朋友作家曹德龙、王玉庆以及音德尔第二中学汉语文组老师张宝学等详细地阅读、改正和校对数遍。这里我要特别感谢这些朋友的大力支持和帮助。

《我的科尔沁》，用清简的文字，记录了对作者成长过程的诸多观察和思省。这本散文选集由不同内容的几个系列散文组成，也可以说选入了三十多篇独立的散文。很一般的选题、最普通的故事、身旁的人们、很熟悉的环境。我坚信人们读过之后会发现科尔沁大地的真面目，也渐渐能理解科尔沁人们的所思、所累。由系列散文组成的选集出版对蒙古族文学来说也许是很新鲜的事情，这类系列散文正在引起很多文学评论家和读者的极大关注。这些散文写法上与众不同，手法新颖，具有自己独特的风格，具体说应该是小说化的散文，叙事和描写很朴素，但特别注重细节描写，用细节推动和调整故事情节，刻画人物，增加了阅读吸引力。

以后的事情，谁也说不好。手头还有一本汉文的报告文学集。这本书出版以后，我想应该回归到母语创作之中。因为文学生长的土壤还是在那里。